私が好きなあなたの匂い　長谷部千彩

河出書房新社

私が好きなあなたの匂い

写真　長谷部千彩
装幀　佐々木暁

私が好きなあなたの匂い

さよなら、天使たち

アンジェリーク オードパルファム
資生堂

こんな形で東京を去ることになろうとは――。

少し和らいだとはいえ、部屋に差し込む陽ざしはまだ強い。

「そんなの全部、業者にやらせればいいのに」

そう彼が言ったのは、私に対する優しさだということはわかっている。でも、その優しさに甘えたくはなかった。

「いいの、自分でやりたいの」

引越し業者が置いていったダンボールに十五年の月日を黙々と詰める。けれども、荷物はさほど多くなく、洋服、本、食器、どれも捨てるもののほうが多かった。

身軽になると考えれば嬉しいような気もする。けれど、これっぽちの暮らしだったのかと思うと途端に侘しさが胸に広がった。そんなときには、何事も考えようだと、自分に言い聞かせる。何事も考えよう。それは実際、確かなことで、だから、いままでのこともこれからのことも、そう、何事も考えようなのだ。

「いいものばかりじゃないの、もったいない。これを全部手放すなんて」

入れ替わり立ち替わり現れる友人誰もが、部屋の片隅に寄せたフロアライトや椅子を眺めては声をあげた。イームズ、サーリネン、イサム・ノグチ。事実、それらは、それ相当に価値あるものだ。学生時代に憧れていた家具。結婚してからというもの、彼と私はパズルのピースを埋めるように、それらをひとつひとつ買い集めていった。いつか。いつか完成すると、私たちは——少なくとも私は信じていた。そして、完成した暁には、そのパズルは一枚の大きな絵になると、いま思えば私だけがただ無邪気に信じていたのだった。

「でも、実家には持って行けないもの」

出戻りの娘のためにひと部屋あけてくれただけでも両親には感謝している。もっとも、人手が足りないところに、家業を手伝うと申し出たので母も父も大喜びだったけれども。

「彼のほうだって、新しい家には持っていけないでしょ?」

力なく笑うと、つられて友人たちも力なく笑う。新しい家には新しい奥さんがいる。正しくは新しく奥さんになる人がいる。あれ、奥さんになるのかな。よく考えたら聞いていていない。

私がいなくなったらそうなるものだと勝手に思い込んでいたけれど。

「じゃあ、お言葉に甘えていただいていくわね」

女友達が、梱包済みのヤコブセンのテーブルランプを抱えるようにして持ち上げた。

「うん、もらってくれて助かる、ありがと」

結局、完成することなく、パズルのピースはばらばらに散っていく。私も彼も、パズルのピースも、二度とひとつところに集められることはないのだ。


ドレッサーの上に並べた化粧品を、手早く薄紙でくるんでいく。

「私はまだ若いし、子供もいないし、やり直せると思うの」

私がそう言うと、あの日、彼は私の手に自分の手を重ねて言った。

「そうだよ、まだ君は綺麗だし、年よりも若く見えるし、大丈夫だよ」

天に突き出たキャップを持って、窓に向け、陽にかざす。

——何が大丈夫なのよ。

手のひらに収まるほどの小さなボトルの金色のネックに刻印されているのは、アンディ・ウォーホルが描く二体の天使。

——男って本当に無神経。あれが精一杯の強がりだってどうしてわからないのかしら。

ボトルを軽く振ると、ガラスの中で蜂蜜色の液体がゆらゆらと揺れる。これは初めて自分のお金で買った香水。私はアンジェリークという名のこの香水を十五年もの間使い続けていた。いや、いまとなってはこう言い換えるべきだろう。私は天使の香りに包まれて、滑稽なまどろみの中で十五年という歳月を貪っていた、と。

十五年前。〝アンディ・ウォーホルの〟——その一点に飛びついて、この香水を買い求めた私はまだ学生だった。まだ若かった。まだ幼かった。私だけじゃない。彼も同じように学生だった。若かった。幼かった。レコード屋、本屋、深夜のレイトショー。私たちはどこにでもふたりで出かけた。週末はクラブへ行って踊り、どちらかの部屋に帰って眠った。一緒にいることは私たちにとって当たり前のことで、別々に生きるなんてまったくもって考えていなかった。

知り合ってからずっとずっと思ってた。私たち、本当によく似ている。双子みたい、と。

キャップを抜くと、甘い香りが鼻をくすぐる。花の香り。ヴァニラの香り。胸いっぱいに幸福を吸い込んで、それから私はため息をつく。私は見捨てられたのね。天使にも。運命にも。

「お客様、こちらの商品ですが」

馴染みのデパートの馴染みのカウンターで、この香水が生産終了になると告げられたのは半年前。その何年か前から受注販売になっていたから、いずれそういうことになるだろうと覚悟はしていたけれど、それにしてもこんな日に。使用している香料が入手しにくくなったとのことで、と申し訳なさそうに言い訳する美容部員に、私はとっさに抱え持っていた不機嫌をぶつけていた。

「そうですか。これが最後だなんて、なんだか示し合わせたみたいですね」


夕飯を作る気になれず、私はそのままエスカレーターを乗り継いで上階まであがり、そば屋に入った。

――双子みたい。それだけの気持ちでこんなにも長い間、過ごせたことのほうが奇跡なのよ。

自分に言い聞かせるように何度も心の中で繰り返しながら、私は鴨南蛮そばをひとりで食べた。

表へ出ると渋谷の空に夕焼けが広がっている。小さな手提げ袋をぶらさげて、足早に行きから人々を避けながら歩く。

彼に好きな人ができた。私よりも好きな人ができた。

どんなに器用にかわしても、その事実だけが私の前に何度も何度も立ちはだかる。

彼だけ先に魔法が解けた。私たちは双子じゃなかった。

彼と私の時間を覆う香水ももうなくなる。ひとりでこの街にはいたくない、ひとりでこの街には暮らせない。私は足を止め、振り返る。坂の下には渋谷駅。いつのまにか宮益坂を登っていたのだ。

さよなら、東京。

ごった返す群集を眺めて、私は小さくつぶやいた。

さよなら、東京。さよなら、天使たち。

エルバマーテ オードトワレ
ロレンツォ・ヴィロレーシ

ぶらんこ

私服に着替えた高校生。仕事帰りのサラリーマン。深刻な顔で携帯電話を見つめるＯＬ。ベンチはすべて埋まっている。日が落ちて、すっかり暗くなったというのに、都心の公園はまだまだ賑わっているのである。

彼と私は空いている場所をようやく見つけ、腰をおろした。空いている場所――白い光の外灯の下に建つペンキのはげかかったぶらんこに。

「ま、いいんじゃないの」

私がひとしきり話し終えると、彼は顎《あご》を高くあげて、缶コーヒーを飲み干した。

いいんじゃないの、なんて軽々しく言わないで。そう口から出かかったけれど、かといって、どんな言葉をかけて欲しいのか、自分でもわからない。

「結局、旦那が一番だってわかったなら、よかったじゃん」

私の手の中には、まだ生ぬるい缶コーヒーが残っている。

「そんなオチにされちゃうの？」

「え、そういうオチじゃないの？」

彼は、三メートルほど離れた屑かご目がけて空き缶を放り投げた。命中。

「だってよくある話じゃん」

私は小さく頷《うなず》いた。

「ほんと、よくある話よね」

「誰だってしてるしさ。浮気なんて」

「ほんとに？　誰だってしてるの？」

「一度や二度は」

「嫌な世の中ね」

「まあな」

どうせ飲みきれない。ぶらんこに腰掛けたまま、私は地面に缶コーヒーの中味を捨てた。流したコーヒーが地面に染みをつくる。暗がりにさらに暗い染み。私は思い切るようにして言った。

「だけど私にとっては大冒険だったのよ？」

「そりゃそうだろ、おまえが浮気だもんな」

嗤うわけでも蔑むわけでもなく、彼は淡々とつぶやく。私は空き缶を足元に置く。

終わったことなら黙っていればいいじゃない。誰にも言わなければ、なかったことにできるのに、どうして誰かに告白しなければ気がすまないの？　誰かに。彼に。わざわざ呼び出してまで。

秋の虫が鳴いている。私は彼の横顔を眺めた。十年前とそれほど変わっていない。いや、変わったところもあるはず。顎のあたりのラインとか。

変わっていないのは私たちの関係。私が困った時、悲しい時、彼を呼び出す。彼は必ず会いに来てくれる。そして、私は「聞いてくれてありがとう」と、彼は「また何かあったら電話しろよ」と言って別れる。

風が吹いてきた。とっさに私は右手で自分の髪を押える。彼の前髪も乱れる。その時、柔らかく甘い香りが私のもとに流れてきた。

「香水なんてつけていたっけ？」

彼はおもむろに立ち上がりまわり込むと、片足をぶらんこにかけた。

「うん、つけてたよ」

そしてもう一方の足で地面を強く蹴ると、ぶらんこに飛び乗った。膝を軽く曲げては伸ばす。その動きに合わせてぶらんこは私の横を通り過ぎ、高くあがり、戻ってくる。そして後ろに行って、また戻る。彼が私の隣を通り過ぎていくたびに彼の香りが流れてくる。パリのホテルのバスルームを思い出した。

「パリの匂いがする」

「これ、フランスの香水じゃないよ」

彼を目で追い、私は訊ねる。

「どこの香水？」

「イタリアの香水」

膝に乗せていたハンドバッグを地面に置いて、私も立ち上がり、ぶらんこの椅子の上に足をかけた。

「なんていう名前？」

彼は呪文のような名前を口にした。

「ロレンツォ・ヴィロレーシ」

「知らない、そんなブランド」

最初は前後に揺するしかできなかったのが、揺すっているうちに私のぶらんこも少しずつ揺れ始めた。

「それに、覚えられないわ、その名前」

だんだん、だんだん、ぶらんこに勢いがついていく。

「じゃあ、訊くなよ」

もっともっと。私は膝を曲げては伸ばし、ぶらんこを漕いだ。ビルの隙間に月が出ていた。気づくと公園も人が散り始めている。

「そんなに冒険したかったならさあ、次は俺に言えよ」

ぶらんこが昇りつめ、体がふわりと浮いたその瞬間、彼の声が聞こえた。

視界がぶれて彼の顔を覗くことができない。でも、確かめる必要はないと思った。見なくてもわかる。きっといつもと同じ。きっと飄々とした表情をしている。

彼のぶらんこと私のぶらんこは交互に——時にはどちらかが後を追うように、時にはどちらかが逃げるように、近づき、離れる。そしてたまに重なるけれど、重なり続けることはない。

「わかった、次は言う」

私はそう答えたけれど、遠くなったり近くなったりする彼の匂いに酔いながら考えていた。あなたとだけは絶対寝ないわ。それは確信。小さな決意。

だって、いつまでもいつまでもこうして時々会っていたいんだもの——。

空から降ってくる

ルルブルー　オードトワレ
キャシャレル

「渡したいものがあるだけだから」

確かにそう言っていたけれど、本当に渡すだけ渡したら行っちゃった。男の人は大変ですね。土曜日でも出張ですか。ご苦労さまです。でも、良かった。ちょうど落ち込んでいるところだったから。

土手に腰を下ろした私は草をむしる。昼食ぐらいはご馳走してもらえるのかと期待していたけれど、二時間後にはまたこうして家の近所にいる私。コンビニのサンドウィッチとアップルジュース。たまに外で食べるのもいいかもね。幸い今日はいい天気。

改札口の前でのあわただしいやりとり。

「これ、何？」

「開けてよ」

彼から渡された小さな包みを解くと、中から青い箱が現れた。

ルルブルー。

「あっ」

私は思わず息をのむ。

「探したんじゃない？」

「少しね」

少しじゃないでしょ。思わず彼の腕をつかみそうになったけれど、あわてて手を引っ込めて、私は「ありがとう」とお礼を言った。

「それじゃ」

「うん、また」


「ルルっていうのは、ネットで簡単に手に入るんだけど、ルルブルーはなかなか売っているところが見つからないの。たぶんルルとそんなに違わない香りだとは思うんだけど、一度嗅いでみたいのよ」

聞き流していると思っていた。別にねだったつもりもないし、ねだるようなつきあいじゃ

旅する香り

ヴォヤージュ ドゥ エルメス オードトワレ
エルメス

バン！という大きな音に思わず身をすくめる。スーツケースの蓋を閉じるのに、うっかり手を離してしまった。指を挟まなくて本当に良かった。それから右横の留め金、左横の留め金。ダイヤルロックはかけずにおく。私は部屋の中を見回した。こうして荷物をまとめてしまうと、それほど大きくないこの部屋もひどくがらんとして見える。あとは、明日の朝ね。着替えの服、ノートPC、バスルームのあれこれ。それらをトロリーに放り込めばおしまいだ。一時間もあれば十分間に合う。

　私は立ち上がり、キッチンの電気ポットでお湯をわかし、コーヒーを淹れた。カップに注ぎ、砂糖を入れ、スプーンでかき混ぜながら、ふと窓の外に目をやると、見下ろす通りを黄色いタクシーが何台も連なって走っていく。向かいのカフェに老人がひとり入っていった。明日の朝食は、あそこで摂《と》ろう。店の女の子に挨拶もしたい。

さよなら、ニューヨーク。あまり馴染めない街だったけれど、それでも明日の夜には自分が別な街にいると考えると感傷的な気分になる。今日は曇り空。いまにも雨が降り出しそう。天気予報では明日は晴れると言っていたけれど。

ソファの上の携帯電話が鳴る。ディスプレイには彼の名前。

「どう？　荷造り終わった？」

私は腕時計を見る。十九時を少し回ったところ。ということは、上海は朝。彼はこれからオフィスに向かうのだろう。私は軽く咳払いをしてから答える。

「うん、ほとんど。トランクに収まるか、心配だったけど、大丈夫だった」

「明日のフライト、何時？」

「ええと、十一時半」

そう、明日のフライトは十一時半。

「大丈夫なの？　ひとりで南米なんて」

そう、私はブエノスアイレスへ向かう。明日の朝、この部屋の持ち主に鍵を返して、次の街へ向かうのだ。

「たぶん、大丈夫だと思う……」

小さな声で答える。受話器の向こうで彼が苦笑いをしているのがわかる。

「たぶん、って、本当に大丈夫なの？」

私はあわてて言い直した。

「大丈夫、大丈夫よ」

ニューヨークには二ヶ月いた。ブエノスアイレスには少なくとも一ヶ月、スペイン語に慣れたら、もう少しいるかもしれない。そうは言っても、半年には至らないはず。トルコ、モロッコ、ギリシャ、ポルトガル。まだまだ訪れてみたい国がたくさんある。ひとつところに長く留まっているわけにはいかない。

「そんな悠長なことしている間に、他の女にとられるわよ」と女友達は気を揉むけれど、私だっていつまでも彼を待たせてはいけないと思っている。

「今年中には上海に行くから」

私は、ローテーブルの上に置いたままになっていた香水に手を伸ばし、シルバーのボトルをもてあそびながら言った。

「わかってる」

いつも変わらぬ穏やかな声。彼と一緒になることには何の迷いもない。でも、もう少しだけひとりでいたい。ひとりで行きたい場所がある。ふたりでしか見ることのできない地平があるように、ひとりでしか見ることのできない地平があるから。

「わかるよ」

あの日も彼はそう言った。私の話を聞いて、彼はこともなげにそう言った。そのときだったと思う。私が、旅の終わりは彼の住む街、と決めたのは。

ボトルを鼻に近づけ、匂いを嗅ぐ。

「そういえば、この間、あなたの部屋に行ったとき――」

ライムを思わせるさわやかな香りが私の中を吹き抜けていく。

「バスルームにあった香水、もらってきちゃった」

私はソファに腰掛けて、香水を足首に吹きつける。

「うん、知ってる、だから同じのまた買ってきた」

私を包む、風の香りは、やわらかく広がって、少し遅れて甘く匂う。彼が尋ねる。

「気に入ったの？」

「うん、使ってる」

「似合いそう」

「あなたにも」

明日、シャワーのあとにつけたら、トランクにしまうのを忘れないようにしなければ。フライトは十一時半。私は彼の匂いを纏い、彼は私の匂いを纏う。それぞれの街で。それぞれの場所で。同じ匂いが重なる日まで。

ミスディオール シェリー オードゥトワレ
クリスチャン・ディオール

花のように

元気がない日はピンクに限る。

私は、フューシャピンクのワンピースに着替えて、帽子をかぶった。土曜の午後。今日の香港はよく晴れている。正直、もっと暑いかと思った。流れる汗を拭きながら歩くことを想像していた。こんなに気持ちいい風が吹いているなら、お気に入りのあのサンドレスを持ってくればよかった。私は少し後悔して、それから、あ、ここで買えばいいのか、と気づく。

こんなときにひとり旅だなんて。

みんな心配したけれど、大丈夫。私だって子供じゃない。気が晴れるような場所をちゃんと選んでいる。ショッピングも楽しいし、食事も美味しい。エステもマッサージも充実している。それに、ここはひとり旅の女性が多い街。ひとりで飲茶をしていたって、誰も哀れんだ目を向けたりしない。

レモンスライスのどっさり入った甘いアイスティーを飲みながら、行き交う人を眺める。ホントに大丈夫。私はまだ若いんだもの。そう遠くない未来に――そう、そう遠くない未来に新しい恋人ができるわ。

赤いラインの地下鉄に乗って、プリンスエドワードまで。階段を上って地上に出ると、通りは週末を楽しむ人であふれている。私は地図も見ずに歩く。駅から花屋街への道のりは覚えている。この街へは何度か来たことがあるの。

風が吹いてきた。帽子が飛ばされそうになる。あわててブリムを手で押さえる。角を曲がると、花屋街。オーキッド、あじさい、バラ、カーネーション。軒《のき》を連ねる花屋の店先を、私は蝶々のようにふらふらと歩く。

彼とはもう会わないと思う。喧嘩するぐらいなら、会わないほうがいいと思う。彼は喧嘩も時には必要だと言うけれど、そういうのは嫌なの。恋愛は楽しくなくちゃ。毎日を楽しまなくちゃ。私はそう思うの。私がこう言うと、男の人は笑うけど、女の人は花みたいに生きるべきだと本当に思うの。

だから、そのままそう伝えて、そして、彼と私は別れることになった。別れることになった、なんて、まるでひとごとみたいだけど、まだ、別れた、と言えるほど、彼がいないことに慣れていないから、別れることになった、としか言えなくて、もう少し時間がたてば、この旅行が終われば、帰りの飛行機を降りる頃には——。白いユリを抱えたおじさんが足早に私を追い越していった。ひとごみの中、運ばれていく白い花に訊ねたい。私、彼とは別れたの、そう言えるようになるかしら。

交差点で芍薬《しゃくやく》の花が売られていた。おいくらですか、と英語で尋ねる。聞き取りづらい発音で、五十ドル、とおばさんが答える。元気がない日はピンクに限る。私はそう心の中でつぶやいて、お財布から五十ドル紙幣を取り出す。濃いピンク、薄いピンク、子猫の頭ほどもある大きな芍薬の花束を私が受け取ると、おばさんがニヤニヤしながら、私のワンピースを指差した。

あ！

芍薬とワンピースはまったく同じピンク色をしていた。なんだか急に照れ臭くなって、私はその場を大急ぎで立ち去った。

ホテルの部屋に戻り、ベッドの上にハンドバッグを投げ出し、手早く花瓶に水を溜めて、花を生けた。固く巻かれていた包みを外すと、枝がばらばらと大きく広がる。花はそれぞれ勝手な方向に向かって開く。バラも好きだけど、芍薬も好き。ピンクの花が私は好き。窓辺に花瓶を置き、ぼんやりと眺める。日差しの中を歩いたせいか、眠くなってきた。花を生けたら、アフタヌーンティーに出かけようと思っていたけど、昼寝でもしようかしら。

そうだ！

私はバスルームの鏡の前から、ガラスのリボンを結んだ香水瓶を持ってきて、芍薬の花瓶の隣に置いた。

ピンクの隣にさらにピンクを並べてみました。なんてね。

私はひとり頬杖をついて得意になる。ついでに香水を手首に吹きつける。オレンジ、ターキッシュローズ、ジャスミン、花束を宙に放り投げたように香りが部屋いっぱいに広がった。

彼からは、着いたその日にメールがあった。

「君が泊まるホテルのあたりには、中東の人やインドの人が多いと思うけれど、馴れ馴れしく話しかけられても、毅然とした態度をとるように。それから、上や下ばかり見て歩いてはだめだよ」

変なの。別れたのに、そんなメール送ってくるなんて。だいたい、そんなに心配ならついいてくればよかったのよ。そう思わない？

ハンドバッグの中から、私は携帯電話を取り出す。彼に訊いてみたい。少し勇気がいるけれど。

ねえ、私たちって本当に別れたの？

幸福について

ローパ ケンゾー オーインディゴプールファム オーデパルファム

ケンゾー

いつしか眠っていたらしい。目を覚ますと、開け放った窓の向こうには、紫とオレンジの縞が作る夕暮れが広がっていた。私はじっと空を眺める。そして、いま、自分がどこにいるのか考える。遠くに見える水平線。大きな弧を描き、鳥が旋回していった。朦朧とした頭の中で、少しずつ現実が輪郭を持ち始める。この島の名前を思い出す。この地が東京よりもずっと南にあることを思い出す。それから、ここがどこであってもいいじゃないか、と思う。島の名前なんて、島の場所なんて、どうでもいい。そして、清潔なシーツの上で目覚める幸福について考える。

突然カーテンが風を孕み、バタバタと音を立てひるがえる。踊るように揺れるカーテンの裾を眺めながら、さらに幸福について考える。異人種の中で外国人として暮らすことが最高の悦び、と語ったのは、ポール・ボウルズだった。北アフリカを舞台にした「シェルタリング・スカイ」という長編小説を書いた彼は、カポーティや、バロウズといったビートニク世代の作家よりも一足早くタンジールに移り住み、終生をそこで過ごした。タンジール、マラケシュ、カサブランカ。モロッコにはいつか私も行ってみたい。来年なら少し長めの休暇が取れるだろう。夢は実現するためにある。大事に胸に抱いている必要なんてない。子供の頃から何度となく父に言い聞かされてきた言葉。そう、遠くない将来、私はモロッコのどこかのホテルで目覚めるだろう。今日と同じように。

私は体を起こし、ベッドサイドの電話の受話器を取り、簡潔な英語で——まるで子供が物を頼むような単純な言い方で注文する。

「冷たいお水をグラスに一杯持ってきてください、氷も一緒に」

あたりを見回す。足もとには読みかけの本が転がっている。

のんびりと、けれども確実に日は落ちていく。私はテラスに置かれた長椅子に寝そべり、冷たい水を飲みながら、闇が降りてくるのを待っている。夕食まであと一時間。シャワーを浴びてしまわなければ。凝ったメイクなどするつもりはないけれど、それでも少しは支度に時間がかかる。彼もそろそろ戻ってくるはず。けれども私は、幸福について考えているのをやめることができない。小さな星がいくつか見える。蛙の鳴く声。鳥のさえずりも。世界が紫色に染まっていく。私は美しい一日の終わりを見届ける幸福に酔いしれる。ああ、でも本当にシャワーを浴びなければならない時間。起き上がってため息をつく。明日の食事はもっと遅い時間にしてもらおう。ダイニングの料理は申し分のない味だけど。私はバスルームに急ぐ。服を脱ぎながら、洗面台の上に置いてある紫色のガラスのボトルに目をやる。

どうしてこんな時間に目が覚めるのか。たぶん長い昼寝のせい。時計は午前三時をまわったところ。彼はもちろん寝息を立てている。窓から差し込む月の光で、部屋が妙に明るい。眠るのがもったいない。体の上に投げ出された彼の腕をそっとよけ、私はベッドを抜け出した。スリップのままテラスに出る。空には大きな丸い月がかかっている。月は白く、空の少し低いところにあり、プライベートプールの水面を照らしている。私はプールサイドにしゃがみ、水に手を浸す。想像よりもひんやりと冷たい。でも、気持ちのよい温度。腰を下ろし、両足を水の中に入れてみる。それから左右の足を静かに動かす。水はその動きに従ってうねり、風によってできるさざ波と交わって複雑な模様を描く。私は再び幸福について考え始める。彼が目を覚まさぬよう、水の音を立てないように気をつけながら。

「そんな格好で寒くないの?」

唐突にかけられたその声に、私は体をびくんと震わせた。

「やだ、びっくりしたわ」

振り返って答えると、彼が何かを手に持って立っている。

「こっちこそびっくりしたよ、ベッドにいないんだから」

彼はもう一度私に訊ねた。

「そんな格好で寒くないの？」

彼が手にしたものを差し出すのと、私が「少し寒い」とつぶやくのはほぼ同時だったと思う。立ち上がって受け取ると、それは私のナイトガウン。ベッドに入る前につけたパルファムが残っているのか、ふわりと香りが立ち上る。自分の体にもつけているのに、私は思わずガウンに顔をうずめ、その匂いを吸い込んだ。白いシルクの感触の向こうから、知らない国の、知らない街に咲いている花の匂いがした。私はガウンに顔をうずめたまま、幸福について考え始める。

「何やってるの」

「匂いを嗅いでいるの」

このコテージに来て、今夜で三日目。私は、日がな幸福について考えている。彼の側にいるという甘い幸福について考えている。

KENZO

雫

イディール　オーデパルファン
ゲラン

ガラス窓の向こうには、重く垂れこめたブルーグレイの空。見下ろすと、レンガ造りの倉庫が並ぶ。波止場。波。海。風が吹いているのだろうか。遠く見える旗がはためいている。夏といえば、誰しも眩しいほどに輝く景色を思い浮かべるのだろうけれど、この街は肌寒い。今日も雨が降っている。世界は丸くて広いのだ。

生まれた街に戻ってきたのは、やはり疲れてしまったからだと思う。高層ビルだとか人ごみだとか、要するに都会と、それから恋に。彼は驚いただろう。突然私が消えたから。別に周到に準備したわけではない。私はそんなに器用な人間ではない。ふと思い立ち、後先考えずに仕事を辞めて、アパートを引き払った。要するに赤信号にかかることなく、走り抜けることができたというだけだ。こうも簡単にそれまでの生活を撤収できてしまうと、自分の存在がいかにちっぽけだったか思い知らされるけれど。

テーブルの上で携帯電話がけたたましく鳴った。ああ、きっと彼からだ。

ホウロウ製のミルクパンの中で牛乳が沸々と泡立ち始める。マグカップに移して蜂蜜を落とすとホットミルクの出来上がり。

テーブルに運び、手紙の封を切る。三つ折りのレターパッドを開くと、見慣れた文字が並んでいる。隣の家の少女が弾くひどくのんびりしたバッハ。窓の外に目をやると、雨の中、庭の花壇に黄色いバラが咲いている。

私は結婚に興味がないから、別に彼が独身でなくても良かったのに、どうして難しく考えるようになったのだろう。それはいつから？　いつの間に？　私だけでなく、彼も次第に深刻になっていった。ふたりの間に、何かとてつもなく大きな障害が存在するように思えた。楽しかったはずの密会はなぜ、話し合うばかりの時間に変わったのだろう。

雨の日でも犬は走る。防波堤を嬉しそうに駆けていく。私は傘をさしてゆっくりと後をついて行く。ウミネコの鳴く声。波の音が聞こえる。

最後は、逃げだしたいとさえ思った。息苦しい時間から。それでも電話が来ると、会いに

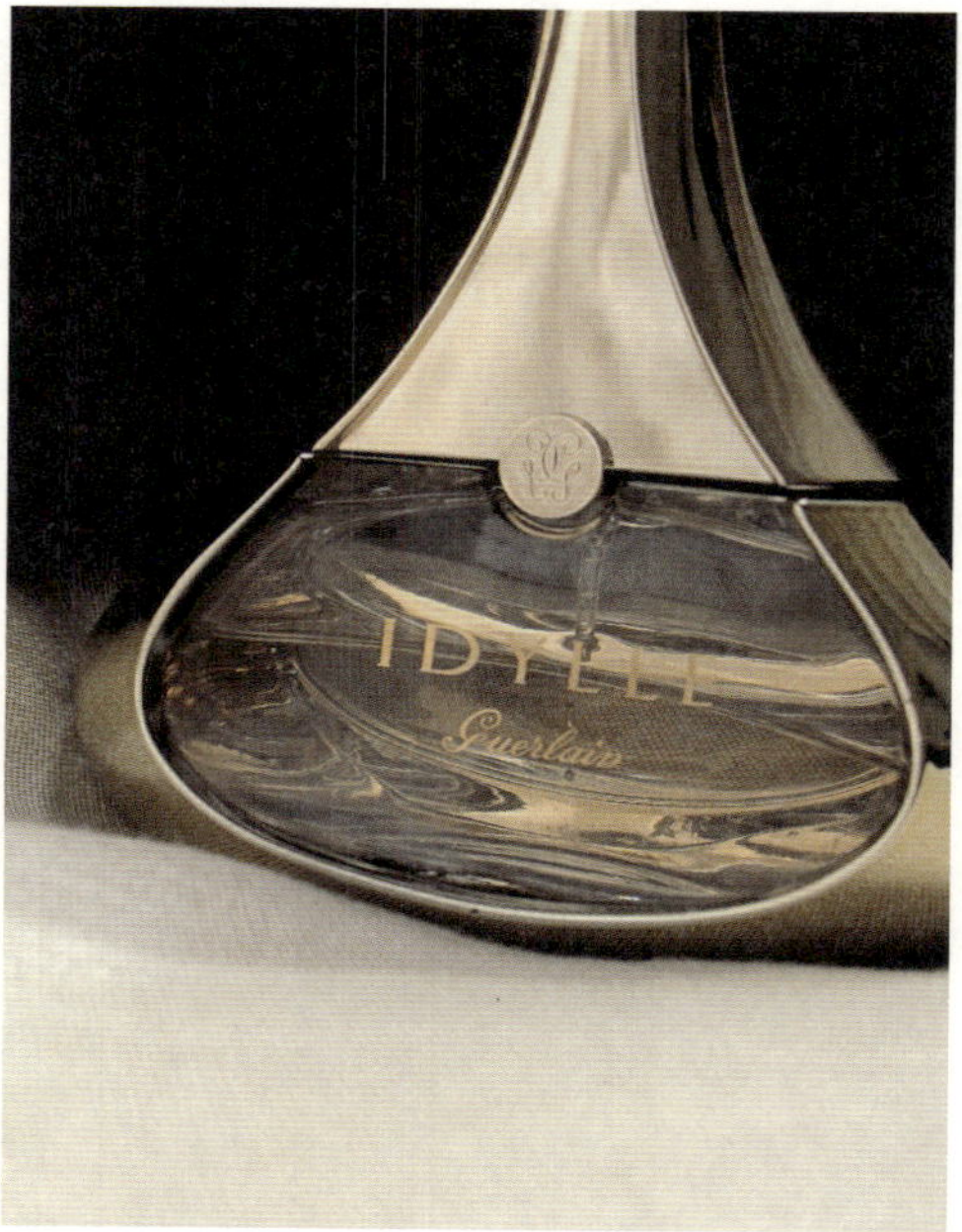
IDYLLE
Guerlain

行ってしまう。距離を置こうと思うのに、結局彼と会ってしまう。そして、私は本当に逃げ出した。彼の腕からすり抜けるみたいに。

ケホン、と小さな咳をする。それにしても今日は随分と冷える。

海風に吹かれながら考える。果たして、逃げる、という言葉はふさわしいのか。人魚は海に逃げたのか。逃げたのではない。人魚は海に帰ったはず。私もそうだ。逃げたのではなく、この街に帰ってきたのだ。

私は大きな声で犬の名を呼んだ。犬は立ち止まることなく駆けていく。きっと疲れるまで戻ってこない。私の声は空に溶ける。

ぬるま湯で手を洗うと、かじかむ指が緩んできた。洗い終わって手を拭きながら、鏡の中の自分を見る。変なの。帰りたくて帰ってきた場所で、どうして私は迷子になっているの。ハンドクリームをつけようと、鏡の脇の棚の扉を開けると、雫《しずく》の形をした金色の小瓶が目に入った。手に取り、手首に吹きつける。やわらかな花の香りがふわりと広がる。美しい白い肌のような、上品で滑らかな気配をたたえ、花の香りは優しく静かに降りてくる。私は香りに包まれながら、バスタブの縁に腰掛けて、手の中の小瓶をぼんやりと眺める。金色の雫の中で金色の水が光っている。雫の形は、涙に似ている。少し悲しい。でも、悲しいだけじゃない。満ちたものが溢《あふ》れて落ちる。そんなイメージも確かにある。

バスルームの小窓に、鳩が止まり、クークーと鳴いた。

私たちも満ちて、雫になって落ちようとしていたのかもしれない、とふと思う。もう、どうにも離れられない関係になっていたのかもしれない。ただ一緒にいるしかなくなっていたのかもしれない。

彼と訪れた小さな村のことを思い出した。天気雨が降った。陽の光を含んだ雨は金色に見えた。私たちは濡れながら歩いた。雨は暖かく、ふたりの散歩を邪魔するものは何もなかった。愛の形はいつも見えない。でも、あえて形をつくるならば——私たちの愛に形をつくるならば、こんなふうに満ちてこぼれ落ちる雫の形に違いない。

こぼれ落ちた雫の流れる場所は私にもわかっている。電話に出てみようか。雫になって流れてみようか。

りんごのひみつ

ニナ　オードトワレ
ニナ　リッチ

何の約束もしていないけれど、やっぱり私を置いていくのはひどいと思う。「遊びにおいでよ」とか「待ってるから」とかそんなこと言われても、しがないＯＬの私にはアメリカなんてちょくちょく行けません。ていうか、私、英語できません。

「お坊ちゃまは言うことが違うよね」

ふてくされてそうつぶやいたら、「えー、何それ?」って、意味すらわかっていないみたい。

時々、どうして彼は私とつきあっているんだろうと思う。私は音楽のことは全然わからない。話せることと言ったら、今週、会社でこんなことがあったとか、妹とデパートで買い物をしたとか、最近飼い始めた仔犬のニナがとても賢いとか、取るに足りないことばかり。子供の頃からずっとクラリネットを吹いている彼みたいに究《きわ》めているものはないし、目指しているものも何もない。

そんな私に、女友達は言う。

「彼と結婚しちゃえばいいじゃん」

彼のことは好きだけど、それはまだぴんとこない。私には早いと思う。だから、彼から、留学すると告げられたときもそれほど驚かなかった。ふたりとも若いし――世間では二十三歳を若いというかわからないけれど、少なくとも私の両親は私を子供扱いするし、彼はまだ勉強中だし――なんて、わかったようなこと言っているけれど、大学を出たらサラリーマンになるのが普通と思い込んでいた私にとって音大に通っていること自体、普通じゃなくて、よって普通じゃない人たちの考える将来など皆目見当がつかず、ゆえにボストンに留学すると言われても、あ、そうなの、とあっさり納得するしかなかったというのが本当のところ。

もちろん私だって少しは淋しいと思っている。だけど、彼は渡航の準備に忙しくて、何を言っても「あっちに行って落ち着いたら」。そのことを愚痴っても、母は「案内してくれる人がいるなら遊びに行ってみたいわ」なんて能天気なことしか言わないし、父も「若いうちに海外生活を経験しておいたほうがいい」なんて悠長に構えているし、私だけがしょぼくれているのもバカバカしいから、途中から考えるのはやめた。

私は彼がいなくなっても、変わりなく暮らす。会社に行って、働いて、夕方、帰る。時々本屋に寄り、時々お友達とお茶をする。毎週同じテレビ番組を観て、金曜日はお花のお稽古に行く。家に帰ればいつも楽しい家族がいる。変わるとすれば、彼とのデートがビデオ通話の時間になるぐらい？

「トイレ行ってくる。荷物見ていて」

そう言って彼は席を立った。足元にはトロリー。それから楽器のケース。テーブルの上にはコーヒーの紙コップと大きなショルダーバッグが置かれている。

窓の外には飛行機が行儀良く離陸を待って並んでいる。見送りを私だけにしてくれたのは彼の気遣いだろうか。ボストンと東京。絶対に続かない、と女友達は言う。私が変わらなくても彼が変わる、と。

私は自分のハンドバッグに手を入れて、フェルトでできた小さなやぎの人形を取り出した。鼻に押しあてると果物と花の甘い香り。ライムとレモン、りんごにヴァニラ。大丈夫、ちゃんと匂いがする。そして私は彼のショルダーバッグのファスナーを開けると、素早く奥底に人形をすべりこませた。

彼がトイレから戻った後はあわただしかった。紙コップを片付け、柱の影で抱き合って、キスをして、私たちは手をつないで出国ゲートまで歩いて行った。甘い言葉は何もなく、持っていたペットボトルを私の手に押しつけて、彼はセキュリティチェックの列に向かって行った(一度だけ振り返ってくれた)。

あっけないってこういうことをいうんだろうなあ。都内に戻るリムジンバスの中、彼が残したボルヴィックを口に含みながら、私はぼんやり考えていた。窓の外に広がる秋の空にペットボトルをかざすと、中の水がキラキラと光った。みんな私のことを、のん気な性格と言うけれど、そんな私だって大事なことは知っている。幸せは不安の中から生まれるわけじゃない。大丈夫。向こうの空港に着いたら、真っ先に携帯電話をつないで彼はメールを送ってくる。バッグの中の人形にもきっと気づいてくれるはず。私は出がけに小さなやぎにりんごのボトルの香水を吹きつけておいた。だから、遠い街で彼は私の匂いを嗅ぎ、私のことを思い出し、少し淋しくなったりするだろう。小さなやぎは伝えてくれる。やっぱり私を置いていくのはひどいと思う!

すずらん

リリー オブ ザ バレー オードトワレ
ペンハリガン

「ここにいたんだ」

その声に振り向く。

「これ」

私はムエットを彼の鼻の前につきだした。

「何の匂い？」

「すずらん」

「っていうか、俺、匂い、よくわかんない」

私は笑いながらムエットを引っ込める。

「綺麗な瓶だね」

並んだ小瓶の中から、彼はリリー オブ ザ バレーを見つけ出し、手にとって眺めている。

「そのボトル、昔はすずらんの絵が描かれたラベルが貼られていたのよ」

「へえ」

私は再び自分の鼻の前にムエットをあて、くん、と嗅ぐ。ゆかしい香りが鼻腔に流れ込み、胸がいっぱいになる。

「お茶？　それとも夕飯にする？」

「腹が減ったから、食事かな」

「了解」

立ち去ろうとすると、彼があわてて言った。

「買わなくていいの？　これ」

「いいの、いいの。嗅いでいただけだから」

デパートの一階はどこの国もむせかえるような花の香り。私たちはその香りの中を泳ぐようにして出口へと向かう。


「Voilà!《ヴォワラ》」

若い給仕が、大きな銀の丸盆を肩に載せてやってきた。直径四十センチはあるだろうか。真ん中に置くと、それだけでテーブルはいっぱいになる。

注文した海の幸の盛り合わせは、丸盆に敷き詰められたクラッシュアイス、その上に茹でられた蟹、周りを囲むように、白く太った牡蠣、サーモンピンクの海老、オレンジ色のムール貝、様々な形の貝類が並べられている。

「パリにきたらこれだよね」

「これですね」

店内は、月曜のせいか、お客が少ない。顎をうずめるようにマフラーを巻いた女が、窓の外を足早に通り過ぎていく。

今年の冬は寒さが厳しい。私たちがこちらに来てから、二度も雪が降っている。これなら、この街よりも日本のほうがきっとはるかに暖かいだろう。

小指の爪ほどの小さな海老をつまみながら考える。ならば、なぜ、私たちはわざわざ寒い街で休暇を取っているのだろう。結婚してからというもの、年末を海外で過ごすのが習慣になっているけれど。そういえば、もう何年もおせちを食べていない。最後に食べたの、いつだっけ。ねえ、あなた、最後におせち食べたのっていつ？　――そう訊ねようと彼に顔を向けると、彼は小さな黒いタマキビ貝から、銀の楊枝《ようじ》で貝肉を取り出している最中だった。太い指が器用に操る銀の楊枝。なんだか滑稽《こっけい》で可笑《おか》しい。くつろいだ気持ちになった私は、黙っていようと思ったあのことを急に話したくなった。

「今日の香水ね、あれ、母が使っていたこと、さっき思い出した」

口紅。おしろい。化粧水。差し込む夕日。忘れていたあの風景。和室の隅に置かれた三面鏡の右端に、すずらんのボトルは確かにあった。

母の目を盗み、魔法の液体の蓋を開け、そっと吸い込む。どこの国のものなのか、高価なものなのか、幼い私は知る由もない。けれど誰に教わることなく理解していた。それが大人にだけに許された愉しみだということを。

そこまで聞くと彼は言った。

「じゃあ、君の香水好きはお義母さん譲りなんだね」

「それは関係ないと思う。だって、母はそれしか香水、持っていなかったし、使っていた様子もなかったもの」

本当に質素な人だった。平凡で退屈な生活を、何の疑いも持たずに送っていた。

「大事に飾るのはいいけど、香水って古くなると変質するじゃない？　考えたら意味ないよね」

皮肉混じりに私が言うと、彼は真顔で私に返した。

「その頃は今と違って、香水って贅沢品だったんじゃないの？　思い出の品だったのかもしれないし」

そして、次の牡蠣に手を伸ばしながら彼は言った。

「ペンハリガン、明日買いなよ」

私はうつむいて頭を振った。

「いい。私は使わないから」

「強情だなあ」

彼の呆れ声を聞くのと同時だろうか。膝にかけたナプキンの上にボタボタッと水滴が落ちた。

「あら？　あれ？」

私はあわててナプキンを引き上げ、目を押える。

どうしてあの棚の前に立つと、足を止めてしまうのか。どうしてあの香水に手を伸ばしてしまうのか。すずらんの香りを嗅いでは、自分には似合わない、と、棚に戻す。私はどこの国のデパートでもペンハリガンの前に来ると、不可解な儀式を繰り返してきた。

その謎はようやく今日解けたけれど、こんなにも長い間、記憶はいったいどこに隠れていたのだろう。母がすずらんの香水を使わずに大事にしていたように、私も母の記憶を使わずにしまっていたのだろうか。

「死んじゃったらおしまいだもの。忘れた記憶は忘れていい記憶だと思うのよ」

しゃくりあげながらそう呟くと、彼がもう一度、「明日、買いに行こうよ、デパートに」と言った。隣のテーブルでグラスをぶつけ合う音がする。彼らは何に祝杯をあげているのだろう。

春の手紙

N°5 オー プルミエール オードゥパルファム
シャネル

まだまだ不安なことが多いけど、ここのところ停電はないし、東京は静かです（余震はあります）。そして桜も咲きました。

うちの会社は、今年はお花見はしないみたい。こんなときだから自粛するのは仕方がないと私も思うけれど、結構楽しみにしていた人もいたようで、だったら自分たちでやろうと言い出したり、冗談かもしれないけれど、休憩のときにみんな集まって、誰がお酒を買ってくるとか、お料理はどうするとか話していました。

もしも、みんながお花見をするというなら、参加はするつもりです。でも、それほど乗り気なわけではありません。私がお花見を楽しめないのは、お酒を飲めないせいでしょう。それに長時間地面に座っているのって、体が冷えるでしょう？（いま書いていて気づいたけれど、それもお酒を飲まないせいせいですね）いずれにせよ、下戸《げこ》にとって会社のお花見はそれほど楽しいものではないのです。
でも、桜は好き。桜を見るためにだけにするお花見は大好きです。日本の桜はそれに値する美しさを持っていると思うから。折角《せっかく》あんなに美しく咲き誇っているのに、お酒を飲んで酔っ払ってしまうなんてもったいない。それともこれも下戸の理屈かしら。

今日も、打ち合わせの帰り、会社に戻る道を少しだけ遠回りして、桜を眺めてきました。墓地を抜けるゆるやかな坂道に両側から枝が大きく張り出していて、まるで桜のアーチをくぐっているようでした。
時折、立ち止まって、見上げると、空は青く、薄いピンクの花びらとのコントラストが本当に綺麗。風が吹くと、はらはらと花びらが舞い散るの。私の髪も一緒に乱れて、つけている香水が自分の鼻に届く。自分の匂いなのに、まるで桜の匂いを嗅いでいるような、香りに巻かれた私は、自分が桜になったような、桜が自分になったような、とても不思議な気分になりました。

お花見といえば、あなたとも去年一緒に桜を見に行きましたよね。覚えている？　あれは本当に楽しかった。

会社帰りに待ち合わて、公園までふたりで歩いて、園内をぐるりと一周まわったら、今度は階段とスロープを使って住宅地のほうへ降りていく。

夜の公園には、私たちと同じ、仕事帰りのカップルしかいなくて、みんな静かに花を眺めながら散歩していた。蛍光灯の光を受けて薄緑色に染まった桜の花が夜空を埋め尽くすように咲いていた。

一旦住宅街に出た後、そのまま行くと、川に出る。あの川沿いの桜並木も見事でしたよね。公園とは違って、あそこは川沿いに提灯《ちょうちん》をぶらさげているから、花の色が暖かい。ちょっとお祭りっぽくて心浮き立つものがある。その桜並木をずうっと歩いていって、大通りとぶつかったら、川の反対側に回って、戻ってくる。ただそれだけなのに、そして、あなたと夜、散歩するのは、そう珍しいことではなかったのに、なんだか特別なデートみたいに感じました。

あの日は平日だったから、人が少なくて——思い出した！　途中であなたと私ははぐれてしまったのよね。

どうして一本道なのにはぐれてしまったのだろう。ふたりとも上ばかり見て歩いていたのかな。私が携帯電話で写真を撮ると言って、つないでいた手を離したからかもね。

そうそう、大事なことを伝えるの、忘れてた。私、香水を変えたのよ？

いまはシャネルのN°5 オープルミエールを使っています。

私に言わせると、これがまさに桜のイメージなの。香り自体は、桜そのものの香りじゃない。イランイランとかネロリとかローズとか。でも、私の中では桜なの。淡くて優しい、ふわっとした香り。それでいて清潔感があって高貴な感じ。どこか控えめで、でも決して地味じゃない、女性らしい香り。まるで桜の薄い花びらみたいな。

そちらの国でも売っているはずなので、デパートにでも行ったときに、良かったら探して嗅いでみてください。あなたもきっと気に入ると思うから。

次の休暇はいつ取れそうですか。

この間は、五月には一度帰国できそうと言っていたけれど。あなたは優しいから電話もメールもまめにくれるけれど、やっぱり私はあなたに会いたい。

春はもうしばらく続きます。東京の一番素敵な季節の中に私はいます。

おばあさんになる。

ロードクロエ オードトワレ

クロエ

「ちょっと描いてみてよ」と彼が言うので、私はバッグからボールペンを取り出し、紙ナプキンに絵を描いた。

テーブルを挟んで座る彼が私の手元を覗き込んでいる。美術の点数はそれほど悪くなかったはずなのに、線を引くたび、どんどんそれからかけ離れていく。

「何それ、わかんない」と彼が笑う。

「今度、写真渡すから」

私は、途中まで書いたスケッチを、上からグシャグシャとボールペンを走らせ消した。

「どんなの欲しいって訊かれて嫌になっちゃった。ムードないよね」

私がそう訴えると、女友達は、一斉に声をあげた。

「訊いてもらったほうがいいじゃない」

「好みじゃないのもらっても困るでしょ」

「訊いてもらうの、いま普通」

でも、婚約指輪ってこっちからこういうのってリクエストするもの？

「するもの、するもの」

ふうん。そうなのか。

「探すのが面倒くさかっただけかもしれないけどね」

「で、どんなのリクエストしたの？」

ティファニーの、ダイヤの、立て爪。石はあんまり大きくないやつ。

ミルフィーユを頬張りながら、もごもご答えると、再び声があがる。

「立て爪？」

「大きくない石⁉」

え、立て爪、ヘン？

「ヘンじゃないけど、普段使えないじゃん」

予想もしていなかった答えに、今度は私が驚いてしまった。

どうして普段使うの？　婚約指輪なのに？

「だって、箪笥《たんす》の奥にしまったままだったら、折角のダイヤがもったいないでしょう」

私は四人の中でただひとり、結婚している女の子に訊ねた。

ねえ、どんなのもらった？

「私？　カルティエの重ねづけできるやつ」


彼が私の部屋に水色の小箱を届けに来たのは、それから二週間後のことだった。

「写真もらっておいて良かったよ、すぐわかったもん」

小さな手提げ袋の中に入っている小箱を開けると、一粒のダイヤモンドがきらめきを放っている。

「そうそう。これ。ありがとう」

その夜、彼は私の部屋に泊まることになって、私は指輪をはめたまま、彼の隣りで眠った。

朝、目を覚ますと、私の薬指に白いダイヤは光っていた。その輝きに私はひとり微笑む。

私の祖母はもう生きていないけど、私には覚えていることがある。ロウソクみたいに白く透き通った細い指に、祖母が立て爪のダイヤをしていたことを。時々、祖母は嬉しそうにそのダイヤを眺めていた。その姿がなんとも可愛らしくて、私はまだ小学生だったけれど、いつか私も小さなダイヤをはめたおばあさんになる、と決めたのだった。

出発の前日、彼が私の部屋に来て、パッキングを手伝ってくれた。

「このトランク、もう閉めていいの?」

「ちょっと待って!」

私はバスルームに走り、洗面台に置いたグリーンのボトルをつかんだ。あ、でも。これは明日の朝も使うよね。

「やっぱりトランク閉めちゃって」

そう声をかけてから、私はシルバーのキャップを取って、自分に香水を吹きかけた。草色のリボンがきりりと結ばれているのに、香りを嗅いだ私の心は軽く解ける。風なんて吹いていないのに、シトラスの香りがふわりと流れ、それからデイジーと木の葉が降ってくる。

明日の夜はフランスかあ。

「ねえ、結婚指輪持った?」

「持ったよ」

「忘れたら結婚式できない」

「わかってる」

空港に向かうリムジンバスは、青空の東京を駆け抜けていく。

「ホントに義父さんとか義母さんとか連れて行かなくていいの？」

「いいのよ、だって、結婚するのは私たちじゃない？」

「そりゃそうだけど、ふたりきりなんてさ」

私は彼の肩にもたれて薬指を眺める。可愛いなあ。小さなダイヤモンドっておもちゃみたいでホントに可愛い。

「きみは変わっていくなあ」

「私？」

「うん」

「そう？」

でも、楽しい人生になると思うけど？　口にはしなかったけれど、たぶん彼には伝わったはず。私は、窓から差す光に目を細めた。彼の手が私の髪を優しく撫でた。

セーヌ左岸にて

リヴ ゴーシュ オーデトワレ
イヴ・サンローラン

この夏、日本は大変な暑さだと聞くけれど、私が住むパリは七月に真夏日を数日迎えるに留まり、八月には冷たい雨の日が続いた。気温は低く、ウールのセーターを着込む日もあったほど。ヴァカンスに出かけたパリジャンと入れ違いになだれ込んだ大勢の観光客は傘を手に街を歩く。私は窓からその様子を眺め、いい気味だわ、と心の中でつぶやいた。我ながら意地悪だと思うけれど、私はパリが好きだから、パリがパリらしくないこの季節が大嫌い。夏が終わって街が通常営業に戻るのをひたすらじっと待っている。

「明日で終わりよ」
女友達に忠告され、私はあわてて会場のプティ・パレを目指した。絶対に行こうと決めていたのに先延ばしにしていたイヴ・サンローランの大回顧展。噂によると入場までの待ち時間は優に一時間を超えるらしい。一足も二足も早く訪れた秋の気配。メトロの駅を出て、強い風に吹かれながら、通りを横切ると、プティ・パレ前には予想通り長蛇の列。時刻は八時を回っていた。私は行列の最後尾、コートを着た中年女性三人組の後ろに並ぶ。

「でも、この数なら一時間待ちで入れるかしら」

館内に入ることができたのは、街灯がともり、体もすっかり冷え切った頃。天井から吊り下げられた大きな幕が入場者を出迎える。もちろんそこにはＹＳＬのロゴが。逸《はや》る心を抑え、コレクションの映像が映し出されたビデオモニターの前を通り過ぎ、展示室へ。するとそこには歴代の作品が着せられたおびただしい数のトルソーが並べられていた。

ディオール時代に発表したトラペーズライン、自身のブランドを立ち上げての、サファリルックやパンタロンスーツ、映画『昼顔』でカトリーヌ・ドヌーヴのためにデザインした黒いミニのワンピースもあれば、中国、モロッコ、ロシアといった異国の地にインスパイアされて制作されたドレスも飾られている。そして、六十年代の象徴とも言えるモンドリアンルック。タキシードを女性用にアレンジしたスモーキングシリーズ。サンローランの偉大な才能にももちろん感嘆するけれど、それ以前に、私は、写真集でしか見ることのできなかった作品が手を伸ばせば触れられるほどの近さにあるという事実にすっかり感激してしまった。

「それだけじゃないの。サンローランがデザイン画を描いているところを撮った映像を見たんだけど、ものすごく速いの。まったく迷いがなくて、頭の中でパーフェクトにデザインができているんだと思う」

興奮して早口になる私に、彼はのんびり相槌を打つ。

午前零時をまわったサンジェルマン・デ・プレは、観光客も引き上げて、裏通りに入ればひとひとり歩く姿も見当たらない。空には白い雲と月。でこぼこした石畳。私はこんな静かな夜をふらふらと歩くのが好きだった。

「サンローランはね、それまで一部の上流階級の人しか着ることのできなかったデザイナーの服を、リヴ・ゴーシュっていうブランドを作って、既製服として売り出した人なの」

彼はモードのことに疎《うと》いから、サンローランの名前は知っていても、サンローランがどういうデザイナーなのかは知らない。だから、今夜は話すことがたくさんあった。おのずと散歩も長くなる。なにしろサンローランは四十年も帝王としてモード界に君臨した人物なのだ。

「イヴ・サンローランって香水もたくさん出しているけど……」

バイクが一台、後ろから走ってきて、私たちを追い越していった。

「私が好きなのは、リヴ ゴーシュ」

「へえ、それってどんな香りなの？」

私は少し考えてから答えた。

「ブルーとブラックのラインでデザインされたシンプルなボトルなんだけど、そのボトルを見ると、モダンな香りなのかなって思うのね。でも実際つけてみると違うの。さらっとしていて、女らしい。最近の香水は立ち上がりが派手だけど、リヴ ゴーシュはそれに比べるとさりげないの。知的だけど優しいって感じ」

香りを言葉で説明するのは難しい。でも、この説明はそれほど悪くないのではないかと思う。

「どんな匂いか嗅いでみたいな」と彼がつぶやいた。

それほど香水に興味がある人だとは思えないけれど、まあいいや。私は足を止め、彼にキスをしてから囁いた。

「いまつけている香りがリヴ ゴーシュ」

私はそのまま彼の背中に手を回した。肩越しに、パリで一番古い教会が見えた。

夜に沈んで

ブルードゥ シャネル オードゥ トワレット
シャネル

一時間ほどで戻ってきます、とホテルのマダムに言うと、彼女は無言で錠を外し、扉を押し開けた。「戻ってきたら、そのインターホンを鳴らして」と一言、マダムは壁を指で差す。小さなボタンのついたねずみ色の四角いプレート。

私は軽くうなずくと、ドアの隙間から体を滑らせ、表に出た。

暦《こよみ》の上では夏は終わったばかりなのに、この街には冷たい風が吹いている。

さらさらさら、さらさらさら。

夜の空に枝を広げる木々は、黒いレースのようなシルエットを張り、休みなく葉擦れの音を響かせている。

私は思わず身震いをする。北に来たのだな、と改めて思う。

パリから電車で二時間半。ぽっかりと空いた平日の午後、私は何の目的もなくブルージュにやって来た。本当に目的は何もなく、そういえば、まだ行ったことがなかったな、と思ったことだけがきっかけで、その一時間後、私は小さなボストンバッグを手に家を出ていたのだった。

携帯電話を取り出して時間を確認すると、午後十一時をまわったところ。都会ならばまだ人の往来のある時間。そう思って散歩に出たのに、ヴァカンス客の引き上げた街に人影はない。通りに面した窓は堅く閉ざされ、明かりが漏れる部屋すら見当たらない。

奥にサロンがあるのか、それともこの街の人々は眠りにつくのが早いのか。中世の面影を残す建物の並び。街を縦横に走る水路。オレンジ色の街灯に照らされた石畳。どの家の前にも茶色いゴミ袋が、ひとつないしふたつ、几帳面に口を縛って置かれ、明日の朝の回収を待っている。

それでも夕刻、街に着いたときには、観光地としての顔を見せていた。小綺麗なディスプレイに彩られた路地は、まるで季節を間違えたクリスマスのようだった。ところが、たった数時間、夜が深くなったというだけなのに、この変化は何だろう。街はまるで夜にひたされたかのように、墨色に染まっている。

ふと足を止め、橋の上から水路を眺める。白鳥が二羽、水面を滑るように泳いでいる。ブルージュを舞台にしたオペラがあったことを思い出した。タイトルは確か「死の都」と言ったはず。


どれほどの距離を歩いたのか。突然、開けた場所に出た。

ここは街の中央に位置するマルクト広場。ブルージュでもっとも有名な場所。

ああ、これが十三世紀に作られたという鐘楼か。

私は、ふらふらと広場の真ん中まで進み出て、正面にそびえる鐘楼をぼんやりと見上げた。

鐘楼の右肩には、白く大きな月が浮かんでいる。夜の雲は、コマ落としのフィルムのように速い速度で流れていた。その雲に隠されて、時折、月は輪郭を失う。

私は思う。

この月は何かに似ている。

この月は誰かに似ている。

大きな月なのに、ちっとも近くには感じない。月は私から高く遠い場所にある。

私は、体に巻いたストールをかき合わせた。彼の匂いがふわりとのぼる。そう、せめて、彼の匂いだけは連れて行こうと、出がけに私はストールに香水を吹きつけたのだった。

喧嘩さえすることがない。

いつも彼は私に優しい。

だけど、私にはどうしても彼の心が私の側にあると思えない。私は、いつも月を眺めるように彼の顔を眺めている。振り返るといつもそこにあるのに、決して私のものにならない月。

でも、それでいい。

私は冷たい空気を胸いっぱいに吸い込んだ。

女の手に収まらないような男が私は好き。

さて。ホテルには無事に辿り着けるだろうか。

もと来た道を引き返そうにも、地図を持たずに出てきてしまったし、どこをどう歩いたのかすら覚えていない。

ブルージュは小さな街。だけど、私には夜に沈む大きな街に感じられる。

なぜなら、私が道に迷ったから。いや、足の向くまま道を選んだ私は、たぶん迷いという甘い恐怖を楽しんでいるのだ。

セントラル・パーク・ウェスト

バレンシアガ パリ レッソンス オードパルファム
バレンシアガ

私が生まれたのはアメリカのニューヨークという街らしい。たぶん本当のことだと思うけれど、私を含め、誰しも生まれた頃のことは覚えていないわけだから、それが本当かどうか、私にはわからない。

私の一番古い記憶は二歳の誕生日。こたつの上のケーキとロウソクの光。私は東京から二時間ほど行ったところ、海沿いの小さな町で育った。夏には浜辺で小さな貝殻を拾ったり、冬には海から吹き上げる風に凍えたり、そんな風に過ごしていたから、自分の出身地を告白するとき、私はいつも奇妙な気持ちに襲われる。それは、空白の期間が自分の人生の中にあるという不思議。私は知らない街の空気を吸って、知らない街で食べたり飲んだりして、知らない街で笑ったり泣いたり眠ったりして生きていた。

私が最初に覚えた言葉は何だったのだろう。パパ？　ママ？　その次に喋った言葉は？

英語？　それとも日本語？

それでも時々こんなことを考える。記憶の空白の奥底に、思い出せないだけで確かに存在する、白い記憶が沈んでいるのではないかと。なぜならば、私は生まれた街のことなど何も覚えていないはずなのに、たとえばジョン・コルトレーンの「セントラル・パーク・ウェスト」を聴いたとき、たとえばウディ・アレンの映画を観たときに――どちらも彼に教えてもらったのだけれど――、胸を締め付けられるような懐かしさを感じるから。

日曜、午後のレストランには着飾った人と普段着の人が交じり合う。結婚式の帰りなのか、家族揃ってのお出かけなのか、はしゃいだ雰囲気を醸《かも》し出すテーブルがある一方、穏やかな休日を過ごす中年夫婦や年配女性のグループ客もいる。彼はカツサンド、私はオムライス。映画の後の遅いランチをすませた私たちは、コーヒーを飲む。ガラス張りの店内からは、大きなイチョウの木が黄葉を散らしているのが見える。

私のカップが空になったのを見計らって彼が言った。

「少し歩こうか」

この季節、日比谷公園は常緑の葉に加え、冬枯れの黒い枝、赤い葉、金色の葉が彩りを成し、実に美しい。いつもはパンプスを履き、急ぎ足でこの公園を突っ切っていく私も、今日はヒールの低いブーツ。落ち葉を踏みながらのんびりと歩く。カシャカシャという音が耳にくすぐったい。

少し先を行く彼が立ち止まり、右手を私に差し出した。私はあわてて左手の手袋を取ってポケットにしまう。

「そういえば、あの話、どうなったの？」

何の気なしに訊ねると、彼は静かにつぶやいた。

「うん、決まった」

ピィーという声をあげて、一羽の鳥が頭上高く空を横切っていった。

「クリスマスまでいる？」

私は重ねて彼に訊ねる。

「その前に発つと思う」

「そう」

前から聞かされていた話だから驚きはしないけれど、いざ決まってみると、やはり淋しい。

つないだ手に軽く力をこめて彼が言う。

「クリスマスに会いに来る？」

私は答える。

「……わからない」

だって、その頃、私はまだお休みには入っていないし、彼だって転勤したばかりで私の相手をしている暇なんてないでしょう?


何を目指すというわけでもなく、私たちはふたりで歩くことだけを目的に、公園の中を歩き回った。西日が強く温かく輝いていた。昼下がりの日差しよりもずっと強く。

「セントラル・パークはもっと広いんでしょう?」と問う私に、「うん、たぶんずっと広い」と彼が答えた。そしてそれから、しばらく会話は途絶えた。大事なことを話さなければならないような気もしたし、何も言わないことがふたりの別れにつながってしまうかもしれないとも思ったけれど、でも、なんだかここでいろんな約束をするのは卑怯《ひきょう》な気がした。

いい加減歩き疲れた頃、どちらからともなく私たちは抱き合った。彼のダッフルコートにうずめた私の顔に私の髪がかかって、私は自分の髪の匂いを嗅ぐことになった。スミレの葉の匂い。ベチバーの匂い。秋の匂い。冬の匂い。

折角、新しい香水に変えたのに――。

私の頭の中で、その言葉がぐるぐると回っていた。

私たちはしばらくそうやってじっと抱き合い、互いの肩越しに広がる空を眺めていた。

春は必ず訪れる。だけど、まだしばらくは先のこと。今日という日は記憶の中に沈み込み、溶けて消えてしまうかもしれないけれど、彼の体温と私の体温の間に挟まれ、立ち上ったこの匂いは忘れないようにしようと私は思った。果たして彼の記憶には、いったい何が残るのだろう。彼の頬に触れる私のグレイのニットキャップの感触、バレンシアガの香りはどこまで深く沈みこむのだろうか。

GARDÉNIA
CHANEL
PARIS

新しい街

ガーデニア オードゥトワレット
シャネル

バス停で降りたのは私ひとりだった。

まるで初夏のような陽気。まだ四月なのにTシャツを着ている人も多い。

舗道に街路樹の葉の影がモザイクを作る。私は西に向かって歩き出す。

アイスクリームを舐めながら老夫婦が通り過ぎて行く。この街に慣れるまで、当分は、こうしてバスに乗り、できるだけ路地を歩こうと思う。

世界中に都会はある。それなのに、どうしてぐずぐずとあの街に居残っていたのだろう。顔を合わせたくないと思うのに、気がつくと人混みの中に彼の姿を探していた。それが未練というものなのだろうか。未練なんて私たちには無縁のものだと思っていたのに。都会に暮らしてさえいれば、新しい恋はすぐ見つかる、そう信じていたのに。

ジュエリーショップのウィンドウの前で立ち止まる。ホワイトダイヤモンドがびっしりと並んだ小さなリングが濃紺の台座の上でキラキラと輝いている。こうしてじっくり眺めてみると、ダイヤモンドも綺麗なものだ。

彼と一緒に歩くときは、宝石店の前は足早に通りすぎた。私は指輪に思い入れなんてなかったのだから、先回りして考える必要などなかったのに、いま思えば何を意識していたのだろう。でも、指輪や約束を欲しがる女だと思われたくなかった。ただ楽しい時間が持てればいいと思っていた。私は彼が好きだったから。本当に好きだったから。

角を曲がると、小さな帽子屋があった。ガラス越しに覗くと、スミレ色に塗られた壁に、色とりどりの帽子がかけられている。キャノチエ、ボネ、キャプリーヌ。これから陽射しがもっと強くなる。ひとつ帽子があってもいいかもしれない。あの、草色のストローハットはどうだろう。黄色いリボンの巻いてあるのもなかなかいい。

ドアを押し開けると、からんからんとカウベルののんきな音が揺れた。私は店いっぱいに広がる香りに一瞬戸惑う。店の隅に目をやると、そこには黒い鉢が置かれ、白い西洋クチナシが咲いていた。

帰りは帽子を被ってのんびり部屋まで歩いた。スーパーマーケットで食材を買って、足が疲れたから、三ブロック手前のコーヒーショップのテラスでアイスコーヒーをひとりで飲んだ。夕暮れの優しい風が吹いていた。どこかの部屋の開け放った窓から、ビリー・ホリディが流れていた。

僕は足早に歩くようになったよ
車を運転しているとスピードを出しすぎる
少し喋りすぎるんだ
ジョークも過ぎるし、わざと大きな声で話したりする

聴くこともなしに聴いていると、その歌詞がまるで彼の告白のように思えてくる。そんなことを考えるなんて私の思い上がりだろうか。

引越しを手伝ってくれた男友達が教えてくれた。彼のタバコが増えたこと。彼のお酒が増えたこと。以前にも増して、つきあいがよくなったこと。

私も――、そう言いかけて、あのとき、言葉を呑み込んだ。そんなこと聞いてもらってどうするの。私も友達と週末ごとに出かけたわ。部屋の模様替えをしてみたり、イタリアへと

旅してみたり。そうしていろいろなことを試した結果、私はいま、ここにいる。石造りのアパルトマンが立ち並ぶこの街に。

ベッドリネンは買い換えた。新しいシーツに横たわり、私はサイドランプに手を伸ばす。ベースについた小さなボタンを押すと明りが点く。もう一度押すと明りが消える。点ける。消す。点ける。消す。彼の耳にも入るのだろうか、私がここにいることが。新しい街で仕事を見つけたことが。考えてみれば、別れの理由など、それほど重要なことじゃない。重要なのは別れた事実。そして、ばらばらに過ごした時間。私も前より足早に歩くようになった。友達といると、確かに少ししゃべりすぎる。そんな風に、ひとりになってすべてが少しずつ変っていく。

新しいこの街では、ショウウィンドウ越しに指輪を眺めることはあっても、彼との日々を柔らかに彩るあの香水を嗅ぐことはないだろう。あの部屋に置いてきた白いリネンと西洋クチナシの匂いのするあの香水。私はそれらを思い出し、枕に顔をうずめ、さめざめと泣いた。泣いてもいい、恋しがってもいい、そう誰かに言って欲しかった。まだ半年も経っていないのだ。まるで何年も経ったかのように感じるけれども——。

恋に破れると、ひとはとても正直になる。恋をしているときよりもずっとずっと正直に。

バラの名前

ローズガーデンズ ニコライ・バーグマン オードパルファム
ニコライ・バーグマン

「こちらがモダンローズ、ヴィンテージローズ、こちらがクラシックローズになりますねー」

近づいてきた販売員の肩にかかる栗毛の髪はゆるいウェーブ。不自然なまでに長いまつ毛。いったいどこから声を出しているのだろう。どこかで聞いたことのあるような、金属的な声質。ああ、そうか、テレビの中で騒いでいる若い女たちの声だ。この女もテレビタレントになりたいのか？

「いまつけてるのは、この香水なんですか」

販売員の女に尋ねると、女は小首を傾げ、薄笑いを浮かべた。

「いえ、これは……私がつけているのは別な香水になるんですけど……」

何だよ、違うのか。

「じゃあ、これ、嗅がせてください」

三つのボトルを指差すと、女はガラス棚に重ねて置かれた紙片から一枚手に取っては、香水を吹きつけ、俺に渡し、それを三度繰り返した。

どこがどうとは言葉にしづらいけれど、確かにそれぞれ匂いが違う。ひとつは少し酸っぱさがある感じ。ひとつは少し粉っぽい。ひとつは丸みのある香り。我ながら、ボキャブラリーの貧困さに呆れてしまう。でも、どれもいい匂いだし、どれもバラと言われたら、バラの香りだ。

――バラにもいろいろあるから。

こちらを見ることもなくつぶやいた横顔が頭の中に蘇《よみがえ》る。

本当だ。バラにもいろいろあるらしい。

紙片に顔を近づけ、匂いを嗅ぐ俺に、販売員の女が声をかける。

「贈り物か何かですか」

うるせえな。

「全部ください」

「え?」

「三つともください」

女はあっけにとられた顔をしてこちらを見ている。

シャワーを浴びた後、早速、包みを開けてみる。紙袋の中には四角いパンフレットも入っている。気が利くじゃん。

〝モダンローズ　都会的で、エッジの利いたフレッシュで現代的な香り〟

〝ヴィンテージローズ　スイートでパウダリーなトーンをベースに、女性らしくてセクシーな香り〟

〝クラシックローズ　エレガンス、そして自由なスタイルを象徴した香り〟

言われてみれば、そんな気がしなくもない。

——バラにもいろいろあるから。

そうあいつは言った。あのときの、まるでテーブルにコップを置いた時の音みたいな、妙に醒めた声はなんだったのだろう。

——あの子もバラが好きなんだって、もしかして話合うんじゃないの。

そのときは、俺の言葉の中に登場した別な女にヤキモチを焼いているのかと思った。そんなことで機嫌悪くするなよ、と思った。でも、いまになってみると、そんなことではなかったのかもしれないと思う。

自分のことを自分から話すやつじゃなかったけれど、バラを育てているのは知っていた。たまに庭に咲いたからと言って、俺の部屋にバラを飾っていったっけ。でも、正直言ってあんまり有難いとも思ってなかったんだよな、そういうの。

別れてから四ヶ月経つけれど、時々思い出す。細くて長い首から肩のラインとか、サイドに流した前髪に短い襟足のショートヘアだとか、少し上を向いた鼻だとか、切りそろえた小さな爪だとか。表情はどちらかというと少なかったけれど、楽しいとかつまらないとかそういう気分みたいなものはわかりやすい女だった。

でも、いつの間にかわからなくなっていって、話すことがなくなって、二年もつきあうとこうなるのかなと思っていたけど、本当は、最後のほう、俺は嫌われていたのかもしれない。

白いバラのボトル、紫色のバラのボトル、紅いバラのボトル。どの香りが好きだったんだろう。

もし、目の前にいたら、この香水を三つ並べて尋ねたら、たぶん迷いなく選ぶんだろうな。

——私が好きなのはこれ。

そう言われても、へえ、としか言えないけれど、それでも少しは。それでも少しは——？

香水をもとの箱にしまう。ひとつは母親の誕生日。ひとつは妹の誕生日。それでもひとつ、引き取り手のない香水は残る。

こういうのを後悔っていうんだろうな。開けたままの窓から入る夜風がカーテンを揺らす。

俺は、ベッドに寝転び、何を見るでもなく、天井を見上げた。どこかの家でつけているテレビの音が聞こえる。

夏の扉

ジャドール オードゥパルファン
クリスチャン・ディオール

梅雨があけて、姉が最初にしたことは、区民プールに泳ぎに行くことだった。「どうせ濡れるんだし、雨の間も行けば良かったのに」と言うと、姉は「暑い日に泳ぐのがいいのよ」とさらりと答えた。それまで芸能人も会員に多いという名の知れたスポーツクラブに入っていたのに、結婚したら旦那さんの通っているジムの家族会員になるからと言って、早々に退会手続きを済ませた姉は、段取りがいいのか、締り屋なのか。いずれにせよ、のんき気な私とは正反対の性格だ。

ひとまわり違う年の離れた姉妹。姉は、幼い頃から私の憧れだった。何事もそつなくこなし、勉強もよくできた。身贔屓《みびいき》を承知でいえば容姿も整っている。柔らかな雰囲気と芯の強さを備えていて、人の目を引くふるまいなどしなくても、いつも人に囲まれていた。恋人だって絶えたことがないと思う。それは休暇のとり方を見ていればわかる。でも、それが悪い印象をつくらない、ごく自然なことと思えるほど、姉は魅力的な人だった。そんな姉が三十五になるまで未婚で過ごすことになろうとは。父も母も適齢期にこだわる人ではないけれど、親戚と顔を合わせたときなど、姉の婚期が話題に上ると、そのときだけは多少困っているようだった。

姉の恋人は、いままで三度、紹介されたことがある。最初は姉が大学生のとき。ふたつ上の先輩で、幼かった私には、もはやおぼろげな記憶としてしか残ってはいないけれど、卒業後、彼は広告代理店に就職したという。

それからしばらくして紹介されたのは、同じ会社の男の人。研究職だと言っていた。眼鏡をかけていて、印象の地味な人だったけれど、優しそうだったし、何より姉がその人の前ではよく笑っていたことを覚えている。

そして、三人目は今年。今度結婚する人。貿易関係の仕事で、海外赴任が控えているというから、外資系の会社で広報を担当していた姉はうってつけのお嫁さんなのだろう。実家も裕福だというし、一生そこそこの暮らしはできるはず。収入はさほど気にしていなかったと本人は言うけれど、三人の中では一番ルックスがいいし、いつまでも憧れの姉でいて欲しい妹としては喜ばしい縁談だ。

引越しの準備は、梅雨のあける前から始まっていた。こういうところにも、何事も早めに取り掛かる姉の性格が表れている。そんなある日、荷造りを手伝っていると、突然、姉が「香水、欲しい?」と私に訊いた。驚いて、「くれるの?」と訊き返すと、「好きなの選びなさいよ」と姉は言う。

私は、鏡の前に並べられた香水を片っ端から嗅いでみた。私に似合いそうなものは一本もない。でも、姉の香水はどれも、嗅いでいるだけで素敵な女性に近づけるような気にさせた。そうなると、なかなかひとつとは選びがたく、あれもこれも欲しくなる。「これもいい?」「これもいい?」と矢継ぎ早に尋ねると、姉は私の手元をちらりと見ては「いいわよ」と返してくれる。こんなにたくさんの香水を持つのは初めて! すっかり心が浮き立ったとき、その中に一本、金色のボトルがあることに気がついた。早速、キャップを取って嗅いでみる。大人の香り。上品な香り。甘すぎない。瀟洒《しょうしゃ》な。女らしい。なんていうか……マドモワゼルとマダムの間にある香り! はっとした。これこそが姉の香りだと思った。「それ欲しいの?」と姉が訊く。私はボトルを手にしたまま頷く。でも、帰ってきたのは意外な答え。姉は笑ってこう言ったのだった。

「それは駄目」

姉が家を出て行く日。蝉がうるさく鳴いている。荷物を運び出し、がらんとした姉の部屋で、義兄の迎えを姉と私は待っていた。

「どうしてこんなに暑い中、引越しするの？　結婚式、秋でしょう？」

私の問いに、姉はいつもの調子でさらりと答える。

「こういうことは早いほうがいいのよ、新しい暮らしには早く慣れたほうが」

淋しさもあって黙っていると、姉がドレッサーの引き出しから金色のボトルを出して私の前に置いた。

「これ、やっぱりあげる。ていうか、置いていく」

駄目だったはずの香水は、窓から射しこむ強い陽差しに、その曲線を浮かび上がらせ、それは女の体、そして何かの雫を思わせた。

「持って行けばいいのに。だってこれよく似合うよ？」

「ううん、また、いいの探すから」

「一番お姉ちゃんっぽかったのに」

「本当にいいのよ、もう使わないし」

姉は私に笑ってみせる。でも、香水ってそういうものなのだろうか。これというものを見つけたら、なかなか手放せないものではないのか。ましてあんなに似合う香水……。そのとき、ふと、何年か前に姉がつぶやいた言葉を私は思い出した。結婚している人だけは好きになっちゃ駄目よ――。

お姉ちゃん、もしかして、他に好きな人がいたんじゃないの？

さすがにその言葉を今日という日に口に出すのは憚《はばか》られ、言葉を呑み込む代わりに私は香水を手首に吹きつけた。優しくて、華やかで、女らしくて、夢見るような花の香り。まるで姉がそこに咲き誇っているかのような。

そのとき、階下でインターフォンのなる音がした。

「はーい」

姉は部屋を出て、軽い足取りでトントントンと階段を下りていく。間もなく下から、姉と母、婚約者の楽し気な話し声が聞こえてきた。だけど、香りとともに部屋に残された私の脳裏には、その声とも違う、姉のはしゃいだ笑顔、笑い声が蘇っていた。そしてこの香りを好んでつけていた時期が確かに一時期あったことも。

私はもう一度、香水瓶を手に取り、雫のフォルムをしばし眺めた。

これしかないと思うものに出会ってしまう不幸なら、香水に限らずあるのかも。

私はそのとき初めて気づいた。姉が新しい人生を、夏の扉を探しに行こうとしていることを。

ボッテガ・ヴェネタ オードパルファム
ボッテガ・ヴェネタ

三十七度のゆりかご

私はいままで病気らしい病気をしたことがない。人間だから風邪ぐらいはもちろんひくけれど、入院をしたことも、手術をしたこともない。だから、こんな風に二週間も微熱が続くなんて初めての経験だ。

検査の結果が出るまで大事をとりましょうか。もしかしたら、ストレスによるものかもしれないから、できるだけ規則正しい生活をして、よく眠ってね。——そう言いながら、カルテにペンを走らせた先生は、私の母ほどの年齢だろうか。朱色の口紅をひいている。

私、別にストレスがたまるような生活なんてしてないけどな。そう心の中で抵抗してみるも、今日もベッドの中の私の体はほてったまま。眠りは前触れもなく訪れ、目覚めると数時間が経っている。

眠りと目覚め、細切《こまぎ》れに流れていく私の一日は、いくつもの夢の記憶を私に残す。私はいま、たぶん一生分の夢を見ている。

それにしても不思議なのは、体は弱っているはずなのに、夢の中の私はいたって元気ということだ。幼い頃に憧れた、ハイジが飛び込んだ干草のベッドに私も飛び込んだり、実際は行ったこともないのに、地中海の孤島で石畳を踏みながら歩いていたり、苔《こけ》むす森を暖かい雨に濡れながら駆け抜けたり、ひなぎくが一面に咲く庭で土がつくのも気にせず寝転んで鼻歌を歌ったり。怖い夢はひとつもない。空気清浄機の唸《うな》る音さえ、早回しで流れる雲に変わるのだから、こんなにロマンティックな夢ばかり見ることができるなら、微熱も悪くない、なんて考えたりして。

ピピ、ピピ、ピピ。口にくわえた体温計が示した数字は37・4度。そして、私は、またうつらうつらと漂い始め、再び眠りにおちていく。今度は、細い革紐で編んだサンダルを草むらから飛び出た小枝に引っ掛けて、ストラップを切ってしまう夢。私はひどく驚き、不吉な兆しではないかとおびえている。悲しい夢は初めてかも。どうしよう。誰か助けに来てくれないかな。誰か。誰か。振り向くと、少し離れたところに一頭の鹿。大きな角。黒い瞳。長い脚。こっちを見ている。こっちを見ている……。

気がつくと目の前に、眠っている彼の顔があった。会社から帰ってまだ着替えていないらしい。声をかけようか迷っていると、彼も目を覚まし、瞬きを繰り返しながら、サンドウィッチ買って来たよ——そう言った。

「食べる?」

「うん、食べる」

私たちは起き上がり、リヴィングルームへと向かう。

「電気つけないで。眩しいから」

彼が食事の支度をしている間に、私は戸棚からろうそくを取り出し、火をつけた。部屋のあちこちには、テレビの電源ランプやファクスのモニター画面、携帯電話の充電器、小さな青や赤、緑の発光体が蛍みたいに散らばっている。カーテンが開いたままの窓の向こうには、以前よりもずっと暗い東京が広がり、その代わり、マンションの明かりや航空障害灯がオレンジや赤、白いビーズみたいに光っていた。風など吹いていないのに、時々、ろうそくの炎がゆらりと揺れる。

「ピクニックみたいね」

「そうだね」

オレンジジュースとサンドウィッチの静かな夕食。

「体、何でもないといいいな」と私がつぶやくと、彼は手を伸ばし、私の左頬にそっと触れた。

「大丈夫だよ」

ふわりと漂う柔らかい優しい香り。

「あなた、また私の香水つけて行ったのね」

「会社でも好評」

「それ、女性用だけど？」

「知ってるよ」

グラスは彼が洗ってくれるというので、ベッドに戻り、もう一度体温を測ってみた。やっぱり三十七度を超えている。有給休暇を減らすいい機会とはいえ、いったい私、どうなっちゃうのだろう。ぼんやりしていると、パジャマに着替えた彼がベッドに入ってきた。

「シャワーは？」

「朝、浴びる」

彼の胸に顔を寄せ、私は深く息を吸い込む。湿った甘い香りがする。革の匂いも混じっている。

「この香りを嗅ぐと安心するの」

私がそうつぶやくと、彼は何も言わずに私を抱き寄せた。熱があるのは私なのに、彼の体のほうが温かく感じるのはなぜだろう。私は小さな声で訊ねる。

「ねえ、結婚するってこういうこと？」

「こういうことってどういうこと？」

んー。目を閉じて考える。都会にいても温かいっていうか、花とか草とか太陽とか、夏の太陽じゃなくて春や秋の太陽みたいな――。

そこまでは考えることができたけど、意識が遠くなって、私は再び眠りに落ちていった。眠りに落ちる直前に、私はもう一度深く吸って、静かにゆっくりと息を吐いた。

ブラックオーキッド オードパルファム
トム フォード

誘惑

「これ、開けていい?」

「いいよ」

「本当にいいの?」

「うん」

白いリネンの隙間から彼の声が聞こえる。私は透明のセロファンを爪を使って丁寧に剝がし、金色の箱を注意深く開けた。中から出てきたのは漆黒のボトル。ネックに巻きつけられた細い紐が光っている。

「あなたって最低な人間ね」

「そうかな」

「そうよ、最低な人間よ。だって、これ奥様に買ったものなんでしょう」

私は、バスローブの裾を開き、左の内腿に香水を吹きかけた。返事はない。また聞こえないふりしてる。

バゲージカルーセルが回りだし、スーツケースがベルトコンベアの上にゴトン、ゴトンと、転がり出る。

「本当にあの香水を渡すわけ？　信じられない」

ベンチに腰掛けた私は驚いて、隣に座る彼を見つめた。

「一度開封したものを渡すなんて」

「嗅いでみたって正直に言えばいいさ」

「嗅いでみたのは、あなたじゃなく、私だけどね」

黒、シルバー、イエロー、色とりどりのトランクに交じって、グリーンのグローブ・トロッターが流れてきた。彼が目ざとく見つけ、顎でしゃくる。

「あれ、君のだろ」

なぜだろう、今日は税関の列が長い。でも、この行列をありがたいとも思う。扉の向こうに彼の妻が出迎えに来ていると思うと、いくら性悪な私でも気が重い。それに引き換え、彼はあくびなんかしている。いくら機内で眠れなかったといえ――。

「バレないの？」

「バレないでしょ」

「わかるわよ、絶対」

「じゃあ、わかるよ」

「あなたって本当に最低な人間ね」

一歩ずつ、行列は前進していく。

「いいじゃないか、出張だったのは事実なんだし、君がアシスタントだってことも話してあるんだから」

「それはそうだけど」

「それに、一度、顔が見てみたいって言ってたじゃないか」

確かにそう言ったことはある。あなたの奥さんの顔を見てみたい、と。でも、だからといってこんな形で――。

税関審査官が私たちに声をかけた。

「おふたり、ご一緒ですか」

「いえ、違います」

自動ドアが開くと、正面には壁がある。カートの方向を右に向け、左に向け、壁の裏に回り込むと、鉄柵の向こう、出迎えの人々の中にひとりの美しい女性が立っていた。私の前を行く彼が片手をあげる。彼女が微笑む。彼女の視線が滑り、彼の後ろにいる私をとらえる。私は顔だけ下げ、軽い会釈をする。彼女もお辞儀はしなかった。少し首を傾け、それから私を真っ直ぐ見た。赤いリップ。黒く引かれたアイライン。形のいい額。白いカシミアのセーター。タイトスカートに革のコート。品のいいヒールの高さと細さ。背の高い人だった。彼の表情を確かめようと目で追うけれど、彼の背中は私を置いてどんどん彼女に近づいていく。

「主人がいつもお世話になっています」

微笑みは崩れない。右手に握った車のキーを私に見せる。

「都内でしょう？　乗っていかれませんか？」

突然の申し出に、内心あわてる私がいる。

「いえ、結構です。リムジンバスの予約を入れてあるんです」

コーヒースタンドでバスまでの時間をつぶしていると、突然、彼が現れ、隣の椅子に腰を下ろした。

「どうしたの」

「車、回してくるっていうから、あと五分」

私はエスプレッソをすする。

「あなた捨てられるのね」

「そうだよ」

「あなたが奥さんを捨てるのだとばかり思ってたわ」

「愛想尽かされたんだよ」

「でしょうね」

「俺のこと嫌いなんだってさ」

「わかるわ」

ばかみたい。悪いことでもしているつもりになっていたなんて。

たぶん離婚になると思う。今朝の彼の言葉に、私、少し、はしゃいでいた。

「私も捨てたいわ」

「俺のこと、捨てるの？」

「ええ」

「それは残念だなあ」

彼は片手で頬杖をついている。

私はバッグを肩にかけ、立ち上がった。

「あのひとによろしく」

「あのひとって?」

「あなたの奥様よ」

彼女が漂わせていたあの漆黒のボトルの香り。甘く引き込むような、引き込んでおきながら誘惑に負けたこちらを一瞥《いちべつ》するような、乾いた高貴な香り。脳裏に蘇る。花に誘われる虫のように、ゆらゆらと彼女に近づいていった彼の姿。まるでとらえられた虫。でも、私もついていいきそうだった。

「私、あのひとが好きだわ。たぶん、あなたよりも」

彼は淋しそうに笑った。午後の到着ロビーには気だるい時間が流れている。これでおしまい、いたずらは。私はトランクのハンドルに手をかけた。

謹賀新年

チャンス オードゥ トワレット
シャネル

ベッドの中、うとうとしながら考える。

初夢って昨日見た夢のこと？　それとも今夜見る夢のこと？

そもそも昨日見た夢というのは、いつ見た夢のことをいうのだろう。昨日から今日にかけて見た夢？　それとも一昨日の晩にベッドに入って見た夢のこと？

どれが正解なのか、私にはわからない。けれど、もしも初夢が、大晦日《おおみそか》の夜、つまりたったいま、目覚める前に見た夢のことを指すのなら、今年は結構良い年になるんじゃないかと思う。

枕元に置いた携帯電話が鳴る。

「お姉ちゃん？　明けましておめでとう！」

浮かれた声を出す妹は、きっとワインにでも酔っているのだろう。

国際電話だと思えないほど声が近い。

「おめでとう。そっちはどう？　寒いの？」

「今日は少し雨が降った。東京は？」

「うーん、よくわからない。だってまだカーテン開けてないし」

「え？　あれ？　そっち何時？」

「そちらの時計に八時間足せば日本時間です」

「あ、八時半か、ごめん、起こしちゃった？」


妹は、年末から両親とともにローマに行っている。大学も卒業を控えた冬休みに家族旅行だなんて、どれだけ親にべったりなのかと思っていたら、友達との卒業旅行は年が明けてから出かけるのだとか。ちゃっかりしているというか、何というか。

ガウンをはおり、紅茶を淹れる。マーマレイドを溶かすと、湯気とともに甘い香りが立ち上る。カップを片手にソファに腰かけ、雑誌をめくると、巻頭特集は「今年のあなたの運勢は――」。占いを信じているわけではないけれど、なるほど、どうやら去年の私はついていなかったらしい。確かにね、そうかもね。

まぶたが腫れて（原因不明だった）、二週間、眼帯をして暮らしたし、ＰＲ担当を任されていた新製品の発売も不況のせいで見送りになった（そのうちまた発売の話もでるでしょう）。それから、大家さんが売りに出すと決めたとかで、借りていたマンションをあわてて出なければならなくなったり……ああ、あれはちょっとつらかったな。猛暑の中を荷造りする地獄、あんな思いだけはもう二度と味わいたくない。そうそう、彼が浮気していたのがわかったのも同じ夏のことだっけ。私は大きなあくびをひとつつく。まあ、それはあまり気にしてはいないけど。むしろ、嫌なところが目につき始めていたところだったし、別れて正解だったと思う。その証拠に、彼とのことは、いまではほとんど思い出さない。その代わり――。

私は立ち上がり、カーテンを開けた。

その代わり、いま私が思い出すのは――。

年の明ける数時間前、大掃除を済ませた私は六本木の本屋にいた。都会のいいところ、それは、大晦日でも、いつも通り本屋が深夜営業しているところ。ファッション雑誌二冊と小説二冊。それから一冊、料理の本も。今年はどこへも行かず、のんびり過ごす。そんな風にお正月を過ごせるのも、恋人と別れればこそだもの。包みを抱えた私は、本屋に併設されたカフェに入り、カフェ・ラテ片手にソファ席に陣取ると、買ったばかりの小説を開く。遅ればせながら読むジュンパ・ラヒリの長編は、噂に違《たが》わぬ面白さ。夢中になってページをめくっていたら、いつの間にか三十分も経っていた。顔をあげ、カフェ・ラテをすする。学生、老人、男性、女性。店内はどのテーブルも埋まっている。カップルも少し、いることはいるけれど、ほとんどはひとりの客。私と同じようにみんな買ったばかりの本を読んでいる。大晦日にひとりって意外と多いのね。何を憂《うれ》うわけでもなく、私はただ見たままにそう思った。

さて、本の続き、続き……。ページに目を落とそうとした瞬間。私の目は視界の端に見覚えのある人をとらえた。

あの人、デザイン部の――名前がすぐに出てこない。あちらもひとり、読書中。あ、顔をあげた。気がついたみたい。目が合った。どうも。どうも。お互い頭だけ下げておく――。

普段ならば通りを走る車の音が聞こえる時間。でも、今日だけはこの街も朝寝坊が許される。ひっそりと静まり返った朝の中、丸いボトルを金色の液体がゆらりゆらり。私はソファに寝そべったまま、シャネルの香水をもてあそぶ。

彼の名前は家に着く直前に思い出した。大学時代のゼミの先生と同じ苗字。下は、ノーベル賞作家と同じ名前。

香水を手首にひと押し吹きかける。シャンパングラスの中の泡みたいに、花の香りが明るく弾ける。

差し込む光にボトルを透かし、ぼんやり思う。今年はこの香水をメインに使ってみようかな。

彼は店を出る前に、私の席までやって来た。

よいお年を。

よいお年を。

簡単な会話。簡単な挨拶。あれからずっと頭の中でこだまのように響いている。

よいお年を。

よいお年を。

悲しみよ、こんにちは

オードモワゼル オーデトワレ
ジバンシイ

新しい彼は?と訊かれるたびに私は首を横に振る。誰のことも好きじゃないの、特別には。そう答えると、誰もが不思議そうな顔をする。いま、目の前にいるこの人もご多分にもれず。「出会いがないわけじゃないのよ。だって出会ったでしょ、私たちだって」困っている。彼は続かぬ言葉を埋めるようにコーヒーを口に運ぶ。私は困っていない。全然困っていない。グラスの中、氷の上に残ったミントの葉を指でつまみあげ、口に含む。初夏の味がする。

窓を降ろすと、いきなり風が車内に入り込んできて、私の髪はぶわんと吹き上げられる。片手で髪を押さえる。連休の東京って最高。車が少なくて、スイスイ走れちゃう。私はハンドバッグから白いハンカチを取り出し、窓から手を外に差し出した。

「危ないよ」

ハンドルを握る彼が言う。

風に吹かれて指の先で白いハンカチが狂ったように舞い踊る。

「ホントに危ないからやめなよ」

「わかった」

手放したハンカチはあっさり地面に落ちて、くるんくるんと転がって遠くなり、私の視界から消えていく。

通り過ぎる電信柱を数える。一本、二本、三本、四本……。突然、私は思い立ち、運転席を振り向き、尋ねた。

「ねえ、どうして私が恋人と別れたか、知りたい?」

「いいよ、そんな話」

「ふうん。じゃあ、教えない」

私は続きを数える。電信柱を数える。

「ねえ、このままバラを観に行かない?」

ずっと運転している彼はきっと疲れていたはずだけど、私の提案に頷いてくれたのは、や

eaudemoiselle
DE GIVENCHY

っぱり私のことが好きだからだと思う。いつだってそう。恋は、もう少し一緒にいたい、もう少し、もう少し、そんな気持ちから始まる。

でも、私がバラを観に行かない?と誘ったのは、一緒にいたかったからじゃない。私はバラが観たかっただけ。男の人の運転する車でバラを観に行きたい、そう思っただけ。

公園に辿り着いたとき、太陽は一番高いところよりも少し下の、右手に回り込んでいたけれど、それでも十分暖かく、フランス式庭園を模した花壇には色とりどりのバラが咲いていた。赤、オレンジ、白、黄色、ピンク、紫色。鼻を近づけると、香りがあるもの、その香りの強いもの、弱いもの、全然香りのないものもあった。

「あなたは嗅いでみないの?」

彼は首を横に振る。つまらない人。少しずつ匂いが違って楽しいのに。

一年前の、今日みたいによく晴れた日、私は誕生日を迎え、そして恋人と別れた。その日、私は、私の髪を撫でた恋人の手を、やめて、と言って、強く振り払ったのだった。私と同い年の、若くて素敵な人だった。そして若くて素敵だから嫌いになった。ひとつ年を取った私にとって彼は物足りなかった。正確にはこれから確実に物足りなくなるだろうと思った。私はこれから若い娘ではなくなる。若く美しい娘ではなくなるのだから。そして、ならば自由になろう、と決心したのだ。若く美しい娘である私を愛するすべての男を捨てて自由になろう、と。

彼が自分のジャケットを脱ぎ、芝の上に敷いてくれた。腰を下ろし、私が仰向けに寝転ぶと、彼も隣に同じように寝転んだ。青空が視界いっぱいにひろがって、その視界を旅客機が白い飛行機雲を引きながら斜めに横切っていった。どこかで鳥が鳴いていた。放り出した私の手を彼が握る。振り払うことはせず、そのままにしておく。太陽が眩しく光る。アカシアの蜂蜜みたいな色の光。私は目をつぶる。目をつぶっても光は見える。

彼が私の手を取り、手首にくちづけて、いい匂いがする、と言った。何度もくちづけて、バラよりいい匂いがする、と言った。彼のくちびるの感触を手首に感じながら、私は目を閉じたまま、つぶやいた。

「それは、私の匂いじゃなくて、ジバンシイの香水の匂い」

この人は恋人じゃない。私は誰の恋人でもない。誰の美しい娘でもない。そう思うと、喜びがこみ上げてくる。自由っていいな、幸福ってこういうことを言うのだろうな、と思う。それに引き換え、あなたは不幸。片思いはつらいものよね。せいぜい嘆いたらいいわ、悲しみよ、こんにちはって。デートはいつでもしてあげる。でも、私は誰のものにもならないの。

CREED
AVENTUS

見えない敵

クリード オードパルファム アバントゥス
クリード

五本目の鉛筆を削り終えると、時計はちょうど七時半を指していた。

私は、鉛筆をトレイの上に揃えて置き、父に渡す。

「はい、できました」

父が原稿を書くのはいまだに鉛筆で、パソコンは使わない。だから、父の部屋に立ち寄ったときには、こうして手慰《てなぐさ》みに父の鉛筆をカッターナイフで削る。

そろそろ帰らなければ。母は今日も遅いだろうけど、明日のテストの準備もある。

外に出ると辺りは既に暗かった。街灯が青白くともる歩道を父と私は並んで歩く。以前は月に一度だったこの時間が、最近とみに増えてきた。父と同じ分野に進みたいと考え始めてから、私の進学問題の相談相手は、もっぱら母ではなく父なのだ。

「お前のことだから大丈夫だろ」

「うん」

留学先の資料は何度も何度も読み返した。成績もちゃんと足りているし、用意しなければならない書類も空で言える。ステイ先や費用は父が手配してくれることになっていた。あとは、母を説得するだけ。そこも、いざとなったら、父が母に直接話してくれると言っている。大丈夫。全部大丈夫。

春間近と言えども、日が暮れるとまだまだ冷える。この信号を渡ると商店街。奥には私鉄O線の駅がある。

「お父さん」

話したいことはもうひとつあった。父が私の顔を見る。だけど、そこから先が話せない。

青信号が点滅している。

「ここでいいや、また来るよ」

私は振り返らず、横断歩道を走って渡った。

母に恋人ができたことはすぐにわかった。毎日楽しそうだし、時々帰ってくるのがひどく遅い。もともと仕事が忙しい人だし、私も母の帰りを待つほど子供ではないから、そのことはそれほど気に留めてはいなかったけれど、決定的だったのは、母からときどき知らない匂い――男の人の匂いがすることだ。

「会ってみれば？」

私のトレイの上のフライドポテトに手を伸ばしながら彼が言う。

「会ってしまったら、認めなきゃいけなくなるじゃない」

「だったら認めればいいじゃん」

母に恋人がいることがおかしいことだとは思わない。私だっていまこうして日曜の午後を過ごす相手がいるわけだし、母の若さからいえばそういう相手がいないほうがおかしい。それに、私が日本を出てしまったら、ひとりぼっちになるのは母だ。恋人がいたほうが絶対にいい。わかっている。

「じゃあ、何がだめなのよ？」

「かっこよすぎるの、かっこいい人に家に来られるのが、嫌なの」

「ええっ、何それ」

彼は大げさに驚いてみせる。笑わせたいのだろうけど、ごめん、悪いけどいま笑えない。

「たぶん若いと思うんだ、もしかしたらお母さんより年下かも」

「いいじゃん」

「爽やかで、セクシー、っていってもむっとしたセクシーさじゃなくてスマート？　軽くて、ちょっとフルーツの香りがして、でも、若い！って感じでもないの。すっとしてる感じ？」

「いいじゃん、いいじゃん、つうか意味わかんねえけど」

「いや違うな、すっとしてるだけじゃなくて、甘さもあって優しそうな……」

彼が私の逡巡《しゅんじゅん》に割って入る。

「だいたいさあ、訊くけど、匂いでそんなことまでわかるわけ？」

「わかるわよ、私、鼻いいもん！」

フライドポテトは三本残っている。ここのコーヒーはぬるくてまずい。


家族連れでごった返すデパートで私はあの香りを探していた。鼻が痛いといって彼は早々にリタイアし、美容部員のお姉さんたち相手に軽口を叩いて遊んでいる。

「何かお探しですか」という声には、父へのプレゼントを探している、と答えた。でも、父の香水なら知っている。もっと重い。もっと重くて辛くて渋い。そしていま、私が探している匂いは、新しい香り。そう、確かにあれは〝いま〟の香り。

ムエットを何回変えただろう。さすがに私の鼻ももう限界。そう思ったとき、黒い帯を巻き、シルバーのロゴが刻まれたボトルが目に留まった。

「あの、それも嗅いでみたいんですけど」

そう頼むと、販売員は何も言わず、ムエットにひと吹きして私に渡した。

私の鼓動が一気に早まる。その瞬間、彼の声がした。

「お、見つかった？」

私は慌ててムエットを手放した。

「ない。見つからない」

逃げ出したいのに、ひとが多くてなかなか先に進めない。それでも私は人ごみを掻き分けて出口へ向かった。

「おい、どうしたんだよ」

母がうっとりする気持ちはわかった。母が楽しそうにしている理由もわかった。

やっぱりかっこよすぎる。かっこよすぎるの。

振り返ると、彼が追いかけてくる。どうしよう。私の悩みはますます深まる。

目覚め

パープルウォーター　オーデコロン
アスプレイ

人間はどうして眠くなるのだろう。暑くても眠くなるし、寒くても眠くなる。お腹がすいても眠くなるし、お腹がいっぱいでも眠くなる。私はすぐに眠くなる。すぐに眠ってしまう。時々、口癖のように、眠れない、眠れない、と言う人がいるけれど、あの人たちは本当に眠れないのかしら。眠らなかったら死ぬはずなのに、不眠で死んだ人は、少なくとも私のまわりにはいない。

眠れない、眠れない、と嘆きながら、みんな普通に生きている。みんなご飯を食べているし、会社にも行っている。みんな買い物をしているし、テレビも観ている――なんて、さすがにその言い方は少し意地悪かもね。眠れなくて苦しんでいる人も事実、存在するみたいだから。

でも、彼らが私に、眠れるなんてうらやましい、と大げさにため息をついてみせるとき、なんだか馬鹿にされているように感じるの。眠れない人間のほうが眠れる人間よりも繊細だとでも言われているみたい。考え過ぎかな。たぶん考え過ぎね。

もしも眠れない人が本当にいるのなら、その人たちはとても可哀想だと思う。だって、眠れないということは、眠りに落ちていくまでの時間を味わえないということでしょう？　意識が溶けていくあの感じ、現実の世界からはぐれていくあの甘美な感覚を味わえないなんて不幸よ。それに、まさにいまこうしている時間、つまり眠りから覚めて意識が戻る過程も素敵じゃない？

目が覚める。そして、明るさの中にそっと置かれた自分に気づく（真夜中であっても、眠りの中の闇よりも現実の闇ほうが格段に明るい）。それから、天井やシーツ、壁や窓に目をやって、いったいここがどこなのか、そして何時ごろなのか、ゆっくりと探っていく。手っ取り早く枕元の時計で調べる方法もあるけれど（仕事のある朝はそうするけれど）、私は現実を意識だけで確かめていく、この作業が好き。

たとえば、ほんの十分前の私。

開いた目に飛び込んできたのは、天井に渡る古木の梁《はり》。それから白い壁。右手には半開きになった窓が見える。夏の風に吹かれ、レースのカーテンが揺れている。

少しずつ私の中に時間と場所が流れ込む。

いま、ここにいる私。

いま、とあるホテルのベッドの上にいる私。

ぼんやりした頭が覚醒していくときには、どこかがひき攣《つ》れたような小さな苦痛を伴う。眠りに落ちていくときはあんなに気持ちがいいのに、眠りから引き剝がされるときは息苦しい（もちろんそれは一瞬のこと、現実に降り立つまでの短い間のことだけど）。

そんなときは、その苦しみに抗うように、私は寝返りを打って、隣の枕に顔を埋める。枕に残った彼の香りを胸いっぱいに吸い込む。ひんやりとした匂いがする。透き通った匂いがする。知的で清潔な匂いがする。緑と水と柑橘の匂いで私が満たされていく。それから香水をつける彼のしぐさを思い出し、香水の無駄のないボトルのデザインを思い出し、ふと、彼はいまどこにいるのだろう、と考える。

窓枠に切り取られた空は、紫色に染まっている。私はおぼつかない足取りでベッドから降り、窓辺に立つ。そして、窓の下の通りを街の人々が気ぜわしく行き来するのを眺めているうちに、ようやくそれが夕暮れの景色だということを理解する。

私が眠っている間に、彼は散歩に出かけたのだと思う。通りから細い路地に入って、気まぐれにいくつかの角を曲がり、その先にある広場のバーで、いまごろジンでも飲んでいる。

室内を見渡す。テーブルの上には水が入ったグラスやしおりが挟まれた本が、そして、バスルームの洗面台の上に彼の香水が置いてあるのが見える。

折角の旅行なのに、眠ってばかりいるのは申し訳ないとも思うけれど、仕方がないわ。私は眠るのが好きなんだもの。こんな風に目覚めるのが好きなんだもの。

あのひとはいつも

アクアロッサオーデパルファム
フェンディ

今年は赤い口紅が流行っているらしい。それは隣りの席の女から聞いた。その女は、半年前退職した女性の後釜に中途入社してきた。契約社員ということらしいが、あの仕事ぶりなら、正社員になるのも時間の問題だろう。デスクの電話の受話器を取って左の耳に当てて話していると、俺の傾いだ首の向こうには、いつもそいつの顔がある。そして、ちょうどそいつの赤い唇が目に入る。卵型の白い顔。後ろでまとめた黒い髪。目は小さいけれど、眉毛はしっかり書いている。一昔前の映画女優でも気取っているのか。それとも、その化粧や髪型も今年の流行か。そうだとすれば、そいつがいつも着ている白い襟のシャツも、紺色のスカートも、俺は個性的だと思っていたけれど、今年の流行というやつなのかもしれない。

「どうして私のこと、見ているんですか」

一度、面と向かってそう訊かれたことがある。受話器を置き、資料を取りに行こうと椅子から腰をあげたときだった。面食らった俺はとっさに「別に見ていないけど」と答えた。

「そうですか」

それ以上深追いすることもなく、そいつはまたモニターに向かい、何事もなかったかのようにキーボードを叩き始めた。俺は間違いなく憮然《ぶぜん》とした表情を浮かべていたと思う。実際、俺の中にそいつを見ているという意識はなかったから。気まずい雰囲気が流れた。部屋に俺たち以外誰もいなかったのが幸いだ。


街はクリスマスのイルミネーションに彩られ、カップルであふれ返っていた。すれ違う男たちの腕には、一様に女の腕が絡んでいる。通り沿いの店に目をやると、ガラスに映る俺の腕にも女の腕がからんでいる。なぜ自分がこんな姿でここを歩いているのか、よくわからない。どういういきさつで俺は隣りの席のあの女とここにいるのだろう。思わず小さく舌打ちをした後、俺はブルゾンを羽織りなおすふりをして、気づかれぬよう女の腕をそっと払った。

「ちょっと待って」

その声に振り返ると、数メートル、女は遅れてやってくる。

「ごめん」

いつの間にか足早になっていたらしい。女の足元に目をやると、その足には、ヒールの細い、黒いパンプスを履いている。きれいな靴だな、そう思ったけれど、何かを見つめることが誤解を招くなら見ないほうがいい。俺は目を逸らし、女が追いつくのを待ちながら、再びショップのショーウィンドウに目をやった。そこには、金色のキャップと真っ赤なボトルの香水が飾ってあった。その瞬間、俺の頭の中から、坂道をのぼってくる女の存在が消えた。俺は迷わず店の中に入って行った。あのひとの唇の色だと思った。俺が盗み見ていたあのひとの爪の色だと思った。

「え？　開けちゃうの？」

女は目を見開いている。俺はうなずきながら、リボンをほどく。ウェイターが注文を取りにきた。メニューなんていらない。ブレンド。女もあわてて付け加える。

「私、カフェ・ラテ」

包みを開き、縦縞の赤い箱からボトルを取り出す。赤い、果実のような赤いボトル。

「きれいね」

女がため息まじりにつぶやいた。知っている。誰よりも俺がそう思っている。キャップを外し、テーブルの上に置く。俺はボトルをつかむと、自分の左手首に吹きつけた。

「ちょっとそれ女物……」

女の言葉をさえぎるように、香りが辺りに広がった。花の匂いのようにも思えた。果物の匂いのようにも思えた。少しだけ辛さがあった。少しだけ霧がかっていた。灰色の冬の空に真っ赤なしずく。手をのばせばつかめるような気がした。明るくて、華やかで、情熱的で、大人っぽいのに、どこか無邪気な——頭の中であのひとの笑い声が蘇った。ウェーブのかかった茶色い髪、薄い瞳の色、口元のほくろ。その姿も——俺の隣りの席でキーボードを叩いていたあのひとの姿も鮮やかに蘇る。キスしたあと、彼女の唇の端で口紅がにじんでいたのも覚えている。俺の唇についた口紅をあのひとが指先でぬぐったことも。俺は、目の前にいる女の赤い唇を見つめ、目を細めた。似ているけど、違っていたんだ。あのひとがいつもつけていた口紅は、こいつのつけている赤じゃない。この香水と同じボトルの赤だった。

「これ、どうするの？」

女の表情に怯《おび》えを見取った俺は、手の甲で香水を女のほうへ押しやった。

「使いなよ」

テーブルの横に置かれたストーブは全く効かない。テラス席のコーヒーはあっという間に冷め、吐いた息は白く曇る。

「年末、どこか行かない？」

「どこかってどこ」

「どこかって……どこでもいいけど……旅行……」

俺は両手をすり合わせながら答えた。

「……寒いところじゃなければ」

あのひとは、ある日、新しい仕事を見つけたと言って旅立っていった。イタリアのどこだっけ。ああ、そうだ、ローマだ。

「ローマなら行く、知り合いがいるんだ」

そう告げた俺の頭の中にあのひとの笑い声が響いた。赤い唇からこぼれた笑い声が。

青空

デイジードリーム オードトワレ
マーク ジェイコブス

いま私のいる街はスコールが多くて、折り畳み傘を忘れることができません。雨は突然、激しく降り、そして突然、去っていく。そのあとには、空が青く広がり、大きな白い雲が、まるで何事もなかったかのように流れていく。最初は、なんて気まぐれなの！といちいち嘆いていたけれど、慣れてしまえばどうということもありません。大抵のことに人間は慣れてしまうものなのです。人間はそういう生き物です。

それに、私自身、もともと雨が嫌いではない。多少ならば濡れるのも苦ではないし、タクシーの窓に当たる雨を眺めるのも悪くない。

雨の日は、すべてのものがにじんで見える。世界が、泣いたときみたいににじんで見える。でも、ひとが何かについて考えるとき、必ずしも正確に物事の輪郭をつかんでいるかというとそうでもなくて、この雨に濡れた世界みたいに、ぼんやりとにじんだ状態でとらえているというのが本当のところなのではないでしょうか。みんな、お日様の照っている晴れの日を、そしてくっきりと何かが見えている状態を普通と思いたがるけど、雨の日や、何もかもがにじんで見える状態のほうを普通と言うことだってできるかもしれない。私はそう思うのです。

タクシーを降りて、折り畳み傘を広げると、グレーの空にまるで赤い花が咲いたみたいで――私はその大きな赤い花の下に雨宿りをしているみたいで――私はその姿をあなたに見せたい、と思いました。ねえ、赤い傘が花みたいできれいだと思わない？　――もしもあなたが隣りにいたら、そう話しかけたに違いありません。

けれどもそれは一瞬のことで、激しかったはずの雨足は、すうっと、まるでお砂糖が紅茶の中で崩れるみたいに弱まって、私は傘を畳むことになりました。

黄色い陽が差したかと思うと、急に蒸し暑くなり、私は、逃げるように大通りを渡り、涼しい風にあたるため、デパートに入りました。そして、そこで白いデイジーがたくさんついたブルーのボトルのオー・ド・トワレを買ったのです。お店のひとによれば、これは発売されたばかりの香水なのだとか。

香りは、フルーツの甘い香りがするわりには、意外と爽やかで、シャワーを浴びた後みたいな、そう、感じがいい、という言葉が一番ふさわしいような気がします。

だけど、私には正直少し若すぎるような気もしました。

こんなことを言えば、君だって若いじゃないか、とあなたはきっと笑うでしょう。

確かに私は二十歳を少し超えたばかりで、だから若くないなんて言えません。だけど、本当は、若さは年齢の問題ではないのです。経験していることが少ない、それが若さだと思います。だから、私はやっぱり若くはない。それなのに、その香水を、可愛らしい、まるで少女の夏を思わせる香水を、なぜ私は買い求めたのでしょう。

知らないことばかりだった自分に戻りたい気持ちがあったから。私の中にも、まだたくさん知らないことがある、そう思いたかったからかもしれません。


私たちは、もう二度と会うことはないでしょう。

こんな風に心の中であなたに語りかけるのは、私の独りよがりな満足とこれまでの習慣に過ぎません。

あなたと私がやり直すことはない。誰にも時間を巻き戻すことはできないのだから。

けれど、私だけはひとり、あなたと知り合った頃まで戻って、あなたと経験したことは全部忘れて、何も知らない女の子になって、新しい季節に向かいたい。

あなたと旅したいくつもの夏を、私は忘れるつもりでいます。忘れようとすれば、大方のことは忘れられると信じています。だけど、風に揺れていた花の匂い、寝転んで嗅いだ草の匂い、波に足を浸した海の匂い、それらの匂いを記憶から消し去るのは難しい。そう、匂いを忘れることは本当に難しい。

窓から手を伸ばし、新しい香水をシュッと空に吹いてみたら、そこに虹はできるだろうか。ふと、そんなことを思い立ち、私は試しに部屋の窓を開けました。

虹ができたかどうか、それはご想像にお任せします。私だけの秘密です。

カクテルが待っている

アクアアレゴリアアリモンヴェルデ オーデトワレ
ゲラン

私は退屈しているの。いろいろなことに。もしかしたら世界で起こるすべてのことに。毎朝食べるパンとジュース。テレビモニターに映し出される悲しいニュース。毎年、同じ季節には同じ花が咲く。異常気象。暑くなっても寒くなっても「今年はおかしい」ってみんな言う。つけ加えるなら、私はあなたにも飽きているし、あなたの匂いにも飽きている。そして、私は私にも飽きていて、私の匂いにも飽きている。

それなのに、あなたは私の退屈に気づかない。気づかないふりをしているのかもしれない。そして、今日も私に訊ねるの。夏の休暇はどうしようか。少し前までトールグラスの底から、炭酸水は次々と小さな泡を立ち上らせては水面で弾けていた。それが、いまでは、時折、気まぐれにゆらゆらと浮かんでくるだけ。まるで寝ぼけた猫が忘れた頃に薄目を開くみたいに。

それにしても、なんて早いのかしら、そう思わない？　ほんの十分、時間が流れただけで、氷は溶けてしまうし、炭酸水はひどくまずい飲み物になる。こういうの飲むのって本当にみじめ。

グラスの中の小さくなった氷をストローでつついている私に彼は訊いた。

「何かあったの？」

私は視線をあげる。

「どうして？」

「いつも以上に不機嫌だから」

私は言った。

「何かあったならまだいいけど、何にもないの。何にもないから機嫌が悪いのよ」

彼は言った。

「僕にできることはある？」

「できること？」

「欲しいものとか」

機嫌をとるにしても随分と陳腐な提案。彼もわかっているのだろう、照れ臭そうに笑った。

私は少し考えてから、「ある」と答える。

「新しい香水」

香水の名を彼は尋ねる。

「知らない。そういう香水があるのか、それも知らない」

花の香り。少し前にはフルーツの、甘いベリーの匂いも流行った。ふんわりしているか、華やかか、もしくは甘い。女の世界に漂うのは、大抵三つのどれかの香り。どれも嫌いじゃないけれど、やっぱりそれも私を退屈させる。三つのカードしか与えられないゲームみたい。

私は違う香りをつけたいの。全然違う香り、たとえば——。

私はグラスの底に沈む半月型のライムに目をとめた。

「シトラスの香りとか」

「シトラス？」

「ベリー系のフルーツじゃなくて、シトラス系のフルーツの香り。いま意外と少ないかも。うん、少ない」

さらっとした香り。だけど、スポーティというわけでもなく、爽やかなだけでもなく、大人っぽくて女っぽい、柔らかくてまろやかな、夏の木陰に吹く優しい風みたいな香り、そういうのがあったら素敵だと思う。

思いつきにしてはいい線いってる。私は満足して頷いた。だって本当にそんな香り、嗅いだことがないもの。もしも、そんな香りがあったら、物珍しさと佇まいにきっと誰もが振り返る。

「あるといいね」と彼は言った。

「あるわよ、絶対。だって、こんなに世の中にはモノがあふれているんだもの」

そう、この世にはないものなんて無い。何が欲しいか、そのことにさえ気づけば、必ずどこかにそれはある。

「それが見つかったら、機嫌直るの？」

「そうね、少なくともいまよりはずっとましな気分になると思う」

私は続ける。

「見つかったら、その香水を持って一緒に旅行に行く」

「探しに行こうか」と彼は言った。

「いまから？」

「いまから」

「いいわね」

私が口角をあげてみせると、彼はテーブルの上に放り出された車のキーをつかんだ。

バッグの中から取り出したサングラスをかけ、私も立ち上がる。

窓の外では街路樹の葉を初夏の光が照らしている。梅雨入り前の最後の週末になるのかもしれない。

カフェの扉を押し開けながら、私は言った。

「私にばかり尋ねるけど、ところであなたはどこへ行きたいの？」

先に表に出た彼が強い陽射しの中で答えた。

「ブラジル」

ブラジル！　私は目を輝かせる。

「いいわね、私、ブラジルには行ったことがないの」

その時、風が吹いてきた。

私は、飛ばされないように帽子を押さえる。

「行きましょうよ、ブラジルへ！」

彼は笑った。

「香水が見つかったら？」

梅雨の向こうには眩しい夏が待っている。

「ええ、香水が見つかったら！」

梅雨の向こうに本当の夏が。

あなたは私を愛すると言った。

あなたは私を愛すると言った。

４＋１＝５。四年つきあって結婚してもうすぐ一年。だから五年。小学生みたいな足し算は続く。１＋１＝２。男と女が一緒に暮らすと家の中に人間はふたり。

私たちは間違えたのだろうか。付き合っている時にわからなかったの？　友達にはそう言われる。正直言ってわからなかった。籍を入れるとこんなにも関係が変わるだなんて。

去年の秋、白いドレスを着て、私は今日と同じ白いユリの花を手にしていた。私だけではなかったはず。結婚して嬉しかったのは、私だけではなかったはず。そう自分に言い聞かせる。

もちろん結婚前にも小さな喧嘩はたくさんあった。でも、今みたいな気持ちになったことはない。いつもふたりで話し合って、解決して、その度に彼と私は近くなっていくように思えた。小さな喧嘩？　もうひとりの自分が囁く。私たちがしているのは、いまだって小さな喧嘩じゃない？　ホテルの予約をどちらがするか、帰宅時間の連絡はどうするべきか、土曜日に予定を入れるのは自分勝手な行為なのか。洗濯の仕方、掃除の仕方、就寝までの時間の使い方。淹れるコーヒーの濃さ。互いの親とのつきあい方。それほどの問題ではないとも思う。でも、わからなくなってしまった。諍《いさか》いが多すぎて。どれが大切なことなのか、どれが瑣末なことなのか。

エレベーターのボタンを押す。古い雑居ビルの五階。私は法律事務所のドアを押し開けた。

――お花までいただいてありがとう。それじゃ、来週からよろしく。

先生はそう言って私を送り出してくれた。学生時代、バイトをしていた法律事務所に秘書の欠員が出たと知り、再び働き始めようと思ったのは、彼との別れも考えてのことだ。まだ迷っているものの、備えておきたい気持ちはあるし、その前に別に暮らしてみるというのもありかなと思う。

事務所から銀座までぶらぶら歩く。この大通りが、来週から私の通勤路。この先のデパートの地下で食料品を買って毎日家に帰ることになるのね。華やかなショーウィンドウ。ふと目についたツイードのコートに足を止める。素敵。見上げると、ガラスの向こうのマネキンは小さく開いた唇に赤いルージュを差している。

先生の言葉を思い出す。

——先生は離婚調停の仕事もなさるでしょう？　そういう方たちを見て、どう思われます？

そう尋ねる私に、父ほどの年の先生は笑いながらこう言った。

——僕に言わせれば、他人と暮らしているという自覚が足りない人も多いかな。いくら恋人、夫婦といっても違う生まれ育ちだからね。たとえば、赤と言ったって、ふたりが同じ色をイメージしていると限らないでしょ。赤にもいろんな赤があるから。片方は朱色を想像しているかもしれないし、片方は紅色を想像しているかもしれない。そこで、赤と言ったのに！となっちゃうと当然喧嘩になるよね。だから、赤と聞いて、わかった、赤ね、と答えてはだめなんだよ。どんな赤なのか、面倒でもいちいち詳しく訊かないと。自分にとっての当たり前を押し付けあっても始まらないんだから。

私は再び大通りを歩き始めた。通り過ぎる高校生の制服のネクタイ。ベビーカーで足を振り回している子供の靴。向こうに見える銀行の看板。四角いポスト。信号が青から赤に変わる。エンジン音のけたたましい赤いカブリオレ。見回すと、私の視界にはさまざまな赤がちりばめられている。デパートに足を踏み入れる。今日もコスメティックフロアは、勤め帰りの女性で賑わっている。私は混雑をいいことに、カウンターの前に立つと、整然と並ぶ口紅をじっくりと眺めてみた。優しい赤もある。暖かい赤もある。激しい赤。暗く沈む赤。椿の赤。バラの赤。林檎の赤。緋色、えんじ、苺色。実にたくさんの赤があり、そのどれもが惚れ惚れするほど美しい。

私が赤と言う時、私はどの赤を言っていたのだろう。彼は？　彼が赤という時は？

「お手にとられているものは今年の秋の新色で……」

販売員の声に顔をあげる。私はとっさに答えた。

「私、別に今年の赤じゃなくてもいいんです」

探しているのは、私の赤と彼の赤なんです。心の中でそうつぶやいた。

デパートを出ると、柔らかな夕焼け空が広がっていた。彼に訊きたいことがある。いますぐとても訊きたいこと。私は携帯電話を取り出した。

「今日何時頃、帰ってくる？」

ちゃんと今日は理由も言おう。

「何か作るから。トマトのシチューでも作るから」

小さな手提げ袋の中で口紅の箱がコトンと転がる音がした。

本書は「WWD Beauty」二〇〇八年九月一九日号より二〇一四年七月二四日号に不定期連載された「私が好きなあなたの匂い」、同二〇一二年九月一三日号に掲載された「あなたは私を愛すると言った。」を、単行本化にあたり、改題、加筆修正、再構成したものです。

長谷部千彩
文筆家。Webマガジン《memorandom》主宰。
著書『有閑マドモワゼル』『メモランダム』他。
hasebechisai.com
memorandom.tokyo

私《わたし》が好《す》きなあなたの匂《にお》い

二〇一七年四月二〇日　初版印刷
二〇一七年四月三〇日　初版発行

著　者　長谷部《はせべ》千彩《ちさい》
発行者　小野寺優
発行所　株式会社河出書房新社
東京都渋谷区千駄ヶ谷二ノ三二ノ二
電話　〇三・三四〇四・一二〇一（営業）
〇三・三四〇四・八六一一（編集）
http://www.kawade.co.jp/

本文組版　佐々木暁
印刷・製本　三松堂株式会社

Printed in Japan　ISBN978-4-309-02560-5